Der Erzähler dieser phantastischen Geschichte ist ein Handelsvertreter für Spielwaren, der regelmäßig nach China reist und immer im selben Hotel absteigt. Hier herrscht im Souterrain Frau Ming wie eine Königin über ihr kleines Reich. Er plaudert mit ihr, um sein Kantonesisch zu üben. Als sie ihm eröffnet, zehn Kinder zu haben, hält er sie für eine ausgemachte Lügnerin. Und doch hört er ihren Geschichten zu. Am Ende kennt er die Lebensgeschichten aller inzwischen erwachsenen Kinder und weiß auch nicht mehr, was Phantasie, was wirklich ist, so sehr hat Frau Ming ihn mit ihren Geschichten betört.

Ein geheimnisvolles Lebensmärchen, in dem aus Mangel Fülle wird.

Eric-Emmanuel Schmitt hat die Weisheit des Konfuzius und eine alltägliche Geschichte aus dem heutigen China auf faszinierende Weise zusammengeführt.

Eric-Emmanuel Schmitt, geboren 1960 in Sainte-Foy-lès-Lyon, studierte Klavier in Lyon und Philosophie in Paris. Mit seinen Erzählungen wie »Monsieur Ibrahim und die Blumen des Koran« wurde er international berühmt und gehört heute zu den erfolgreichsten Gegenwartsautoren in Frankreich.

Marlene Frucht, geboren 1980, übersetzt seit 2008 aus dem Französischen und Englischen. 2009 erhielt sie das Bode-Stipendium des Deutschen Übersetzerfonds. Zu ihren Autoren gehören Assia Djebar, Leila Marouane, Baptiste Beaulieu und Eric-Emmanuel Schmitt.

Weitere Informationen finden Sie auf
www.fischerverlage.de

Eric-Emmanuel Schmitt

Die zehn Kinder, die Frau Ming nie hatte

Roman

Aus dem Französischen
von Marlene Frucht

FISCHER Taschenbuch

MIX
Papier aus verantwortungsvollen Quellen
FSC® C083411
www.fsc.org

Erschienen bei FISCHER Taschenbuch
Frankfurt am Main, Dezember 2019

Die französische Originalausgabe erschien 2012 unter dem Titel ›Les dix enfants que madame Ming n'a jamais eus‹ bei Éditions Albin Michel, Paris

Gesamtherstellung: CPI books GmbH, Leck
Printed in Germany
ISBN 978-3-596-19817-7

CHINA ist kein Land, China ist ein Geheimnis.

Als ich mich eines Tages mit Frau Ming unterhielt, einer Chinesin mit durchdringendem Blick und schwarzweiß meliertem Haarknoten, die wie immer sehr aufrecht auf ihrem Schemel saß, sagte sie zu mir, dem Europäer auf der Durchreise:

»Die Natur erschafft uns als Brüder, erst durch Erziehung werden wir verschieden.«

Sie hatte recht... Obwohl ich bereits kreuz und quer durch China gereist war, kam das Land mir immer noch unbegreiflich vor. Bei jeder meiner Reisen erschien es mir noch größer, seine Geschichte zerbröselte mir zwischen den Fingern zu Staub, ich fand keinen Zugang, und immer, wenn ich dachte, einen Zugang gefunden zu haben, erwies er sich als Sackgasse; obwohl mein Kantonesisch immer besser wurde, obwohl ich viel las und mit seinen Bewohnern haufenweise Verträge abschloss, schien China wie der Horizont vor mir zurückzuweichen, je weiter ich ins Land vordrang.

»Es ist besser, ein einziges kleines Licht anzuzünden, als die Dunkelheit zu verfluchen«, verkündete Frau Ming.

Aber wie? An wen sollte ich mich wenden, damit er für mich Licht in dieses rätselhafte Land brachte? Wen sollte ich mir dafür herausgreifen? Schließlich lebten in China in etwa so viele Menschen wie im Mittelmeer Fische.

»Auf unserem Planeten leben eine Milliarde Chinesen und fünf Milliarden Ausländer«, murmelte Frau Ming, während sie dabei war, einen Strumpf zu stopfen.

Sie hörte eine Sendung auf ihrem Radio aus dunkelbraunem Plastik – einem Überbleibsel aus der Mao-Zeit, das jedem Sprecher einen Schnupfen und eine feuchte Aussprache verpasste – und wiederholte die Aussagen des regierungskonformen Reporters, eines ausgewiesenen Experten in Sachen Statistik und Arschkriecherei.

»Eine Milliarde Chinesen.« In dem Moment verstand ich nicht, was sie daran so beunruhigte, dass es so viele Chinesen gab oder so wenige …

Als Angehörige des mathematisch begabten Volkes, das einst die Rechenmaschine erfunden hatte, pflegte diese Dame ein ganz besonderes Verhältnis zu Zahlen. Auf den ersten Blick gab es wenig, das sie von anderen Menschen um die fünfzig unterschied; doch wie jeder weiß, sieht der erste Blick nichts.

Sie hatte einen runden Kopf und ein gerötetes Gesicht, das von einem Netz feiner Falten durchzogen war, ihre Zähne sahen aus wie kleine Apfelkerne. Frau Ming erinnerte an einen reifen, vielleicht sogar leicht überreifen Apfel, ein wunderbares Stück Obst, gesund, saftig, noch nicht vertrocknet. Sie war sehr schlank, und ihr Körper war biegsam wie ein Schilfrohr. Sobald sie etwas sagte, merkte man, dass sie nicht zu einer der süßen Sorten gehörte, sondern eher von einer etwas herberen Sorte war, denn sie servierte ihren Gesprächspartnern säuerliche Bemerkungen, die zum Nachdenken anregten.

Frau Ming thronte im Untergeschoss des Grandhotel in der Provinz Guangdong auf ihrem dreibeinigen Schemel und bekleidete dort, zwischen weißen Fliesen und grellen

Neonleuchten, in den nach Jasmin duftenden Waschräumen das Amt der Toilettenfrau – oder der *dame pipi*, wie man bei uns sagt.

Ein Beruf, den mürrische Gemüter als Schande empfinden; sie aber verstand es, ihm seine Würde zurückzugeben: Sie herrschte im Zentrum der Welt. Die Teilnehmer der Kongresse und Seminare, die regelmäßig eine Etage weiter oben stattfanden, kamen stets im Laufschritt bei ihr an. Doch sobald man sich ihr näherte, wurde man langsamer, machte immer kleinere Schritte, bis man schließlich vor ihr stehenblieb. Eingeschüchtert von ihrer stummen Würde verbeugte man sich vor ihr, warf ihr einen flehenden Blick zu, erbettelte von ihr die Erlaubnis, ihr Königreich betreten zu dürfen; das war der Augenblick, in dem sie einen von oben bis unten musterte, so dass man zu spüren glaubte, sie wisse, was tief in einem vorging – und zwar sowohl in den Hirnwindungen als auch in den Eingeweiden. »Sagen Sie nichts, ich weiß ohnehin schon, mit wem ich es zu tun habe.« Kein Urteil las man in ihren grauen Pupillen, sondern Wohlwollen, besser noch: eine Absolution. Ganz egal, wer vor ihr stand, ob Arbeiter, Ingenieur, Leiter der Verkaufsabteilung oder Geschäftsführer, sie sah sein Elend und akzeptierte ihn, den einstigen Rotzbengel, der darum bat, auf den Pott gehen zu dürfen, armseliges Wesen aus Fleisch und Blut, das seinem Körper Erleichterung verschaffen will. In Frau Ming lebten sowohl der Egalitarismus aus Maos Zeiten wie auch der Humanismus des Konfuzius fort.

Frau Ming war also für die Männertoiletten im Grandhotel in Yunhai zuständig, eine Position, die, ihrem stolzen Auftreten nach zu urteilen, von ihrem Erfolg kündete. Hätte sie dagegen am Ende des Ganges die Frauentoiletten sauber zu halten gehabt, so hätte das in dieser Nation, in der das männliche Geschlecht bevorzugt wurde, bedeutet, tief zu sinken; dort wäre sie Dienerin gewesen, hier aber war sie Herrscherin, weil die Männer in Scharen an ihr vorbeizogen, ihr zunickten, darauf warteten, dass sie ihnen gütig das Recht einräumte, sich zu erleichtern. Näherte man sich der Tür, auf der als Symbol ein Kleid zu sehen war, so hörte man dahinter das Gelächter und Geplapper der dunkelhaarigen Frauen, die ihr Make-up erneuerten und dabei Nichtigkeiten von sich gaben. Hinter der Tür dagegen, auf der eine Hose zu sehen war, gab es nichts dergleichen: keine Unterhaltungen, kein frivoles Komplizentum, keiner blickte seinen Nebenmann direkt an, nur hin und wieder ein Seufzen; hier war ein Jeder, von den Pissoirs bis zu den Waschbecken, um ein würdevolles Auftreten bemüht, man fügte sich fatalistisch ins Unvermeidliche, mit der Solidarität von Soldaten, die den Gesetzen der Natur gehorchen. Lag es an Frau Mings gestrenger Gegenwart? Der Ort verwandelte sich in eine Art metaphysisches und moralisches Versuchslabor, wo die Sterblichen ihre Illusion der Macht ablegten.

Sie wollen von mir wissen, warum ich Sie mit diesen Einzelheiten belästige? Ich möchte es Ihnen gerne erklären.

Die Geschäfte meiner Firma führten mich in den Süden Chinas. Im Juli kaufte ich dort das Spielzeug ein, mit dem wir am darauffolgenden Weihnachtsfest unsere Kleinen glücklich machen würden; außerdem gab ich dort in noch größerem Umfang allerlei Nippes in Auftrag, der für die chinesischen Kinder bestimmt war. Puppen, Babypuppen, Autos, Flugzeuge, all diese Plastikgegenstände wurden für einen günstigen Preis in der Provinz Guangdong hergestellt und anschließend nach Frankreich geschickt, wo unsere Designer und Arbeiter sie verpackten, bevor ein Teil davon wieder zurück nach China ging. Da das Hin und Her auf dem Frachtschiff sich kaum auf die Gewinnmargen auswirkte, nutzten sowohl die Europäer als auch die Amerikaner dieses System, und so kam es, dass der chinesische Markt von westlichen Marken dominiert wurde, allerdings mit Artikeln, die wiederum vor Ort hergestellt wurden.

Aufgrund meiner Begabung für Sprachen – damals sprach ich bereits sieben verschiedene –, war ich von meinen Vorgesetzten nach Asien gesandt worden, weil sie hofften, dass ich das steife Verhandlungs-Englisch schon bald aufgeben und stattdessen anfangen würde, mich auf Mandarin zu verständigen. Ein guter Plan, bis auf eine Kleinigkeit: Statt auf Mandarin musste ich mich auf Kantonesisch durchschlagen, weil dies die Sprache der Provinz Guangdong ist, wo die Spielzeugfabriken wie Pilze aus dem Boden schossen.

Auch das Dorf Yunhai, wo ich Frau Ming begegnete, erlebte eine drastische Verjüngungskur: Aus einem kleinen Nest war eine Stadt mit zwei Millionen Einwohnern geworden. Der Ort hatte sich noch nicht von all den Veränderungen erholt und machte einen etwas schockierten, verstörten, orientierungslosen

Eindruck. An die Stelle von Häusern waren Hochhäuser getreten, aus kleinen Gassen waren große Verkehrsstraßen geworden; das winzige Lebensmittelgeschäft von Herrn Yibulaxin, das einmal so gut bestückt gewesen war wie eine Schachtel voller Stecknadeln, war von vier Supermärkten mit Kühlräumen überrollt worden, und die einst ländliche Umgebung lag nunmehr unter einer sechsspurigen Ringautobahn vergraben, auf der die letzten Igel den Tod fanden. Die monotonen Fassaden wirkten wie verputzte Pappe, zu neu, eilig hochgezogen, ließen sie jene Patina vermissen, den Schmutz, die Gebrauchsspuren, die alten Häuschen ihren besonderen Charme verleihen. Und wo befand sich nun das Zentrum von Yunhai? Die gesamte Anordnung folgte einem rigorosen Vernunftprinzip, kleine Straßen kreuzten größere Straßen, die größeren Straßen kreuzten die Avenuen, die Avenuen kreuzten die Autobahn; große Verkehrskreisel, in die man vor lauter Verkehr nicht hineinkam, schienen zu rufen »Fahrt nur im Kreis, es gibt hier nichts zu sehen«. Die einzigen Plätze, die sich noch als Versammlungsorte anboten und die auf diese Weise das alte Waschhaus beerbten, das nunmehr unter dem Beton begraben lag, waren die von Ampeln überwachten Kreuzungen. Es gab nichts, was noch an die Vergangenheit erinnerte, nicht einmal eine Ruine im Herzen oder am Rande von Yunhai. Das heilbringende Wirtschaftswachstum fegte alles hinweg.

Die Alten verschwanden; wer nicht vor lauter Staunen über diese Umwälzungen das Zeitliche gesegnet hatte, verkroch sich in modernen Appartements, die ungefähr so viel Behaglichkeit verströmten wie ein neuer Mülleimer.

Unbeirrt von diesen Bedrohungen, verkörperte die stets akkurate, konzentrierte und gutgelaunte Frau Ming die Beständigkeit in dieser sich verändernden Welt. Sie kümmerte sich um die Toiletten des Grandhotels, als hätte es dieses neue Etablissement schon immer gegeben und vor allem, als handele es sich dabei um eine Aufgabe von allerhöchster Wichtigkeit. Schon bei unseren allerersten Begegnungen konnte ich nicht umhin, zu denken, dass ihre ungemeine Professionalität hier verschwendet wurde – als ich ihr das eines Tages schließlich sagte, wurde sie rot vor Verlegenheit, neigte den Kopf und erwiderte:

»Es ist mehr wert, eine bemerkenswerte Tat zu vollbringen, als bemerkt zu werden.«

Vielleicht wundern Sie sich ja darüber, dass

ich mit einer Toilettenfrau im tiefsten China vertrauliche Gespräche führte. Ich hätte drei Antworten parat, um auf Ihr Erstaunen zu reagieren: Meine Großmütter haben einst die Fußböden der Bourgeoisie geschrubbt. Wenn ich eine Sprache lerne, dann lasse ich keine Gelegenheit aus, sie auch anzuwenden. Und zu guter Letzt bediene ich mich einer Verhandlungstaktik, die darin besteht, meine Geschäftspartner nervös zu machen, indem ich mir angewöhnt habe, mitten in den Verhandlungen zu verschwinden – diese Strategie zwingt mich dazu, ebenso oft die Toilettenräume aufzusuchen wie ein alternder Patriarch, dem ständig seine Prostata zusetzt.

Eines Morgens also hatte ich die beiden kaufmännischen Angestellten von Pearl River Plastic Productions oben zurückgelassen, wo sie immer nervöser wurden, was meine Bestellungen anging, während ich unten ein Pläuschchen hielt. Als ich in meinem Jackett nach Trinkgeld kramte, rutschte mir ein Foto aus der Tasche. Frau Ming hob es auf und lächelte, als sie sah, dass es sich um ein Familienfoto handelte.

»Sind das Ihre Kinder, mein Herr?«

»Ja.«

»Wie viele haben Sie denn?«

»Zwei, rein zufällig. Ein Mädchen und einen Jungen. Das ist mehr, als ich mir erhofft hatte.«

»Wer über das Ziel hinausschießt, hat das Ziel auch nicht erreicht.«

Sie gab mir das Foto zurück. Aus Höflichkeit fühlte ich mich dazu angehalten, die Frage an sie zurückzugeben.

»Und Sie?«

»Ich habe zehn.«

»Wie bitte?«

»Ich habe zehn Kinder.«

Zuerst glaubte ich, meine kantonesischen Sprachkenntnisse würden mich im Stich lassen… Um sicherzugehen, wiederholte ich die Zahl *zehn* auf Mandarin, auf Englisch; sie nickte jedes Mal.

Ungläubig breitete ich die Finger wie einen Fächer aus.

»Zehn?«

Damit ich mich wieder beruhigte, zählte sie die Vornamen auf:

»Ting Ting, Ho, Da-Xia, Kun, Kong, Li Mei, Wang, Ru, Zhou, Shuang.«

Als sie diese Namen aussprach, leuchteten ihre Augen vor lauter Liebe. Auf einmal wirkte ihr Gesicht runder und sie sah plötzlich jünger aus.

Ich verkniff mir einen Kommentar, verzog mein Gesicht zu einer angemessenen Grimasse der Bewunderung, schlug die Hacken zusammen und begab mich schnurstracks zurück nach oben zu meinen Verhandlungspartnern.

Ich war baff. Was für eine ungeheuerliche Lüge!

Meinte sie etwa, ich würde ihr glauben? Hielt sie mich für blöd? Jeder – selbst ein hirnloser Tourist – wusste, dass die chinesische Regierung das Wachstum der Bevölkerung drosseln wollte und deshalb Paaren schon seit Jahrzehnten verbot, mehr als ein Kind zu bekommen.

Beim Mittagessen, das mir meine beiden Verhandlungspartner von Pearl River Plastic Productions spendierten, musste ich immer noch an Frau Mings völlig verrückte Prahlerei denken. Ich wollte mich bei ihnen vergewissern, dass es unmöglich war, gegen die Ein-Kind-Politik zu verstoßen.

»Ob es Ausnahmen gibt? Naja, sie sind nicht immer so streng… In manchen Gegenden ist ein zweites Kind erlaubt, wenn der Ehemann oder die Ehefrau keine Geschwister haben.«

»Oder auf dem Land, wenn dort Bauern ein Mädchen bekommen, dürfen sie versuchen, auch noch einen Jungen zu bekommen.«

»Warum einen Jungen?«, fragte ich sofort nach und tat erstaunt.

»Weil ein Junge auf den Feldern mit anpackt. Und später kümmert er sich um seine Eltern.«

»Ach so? Sind die Mädchen hierzulande denn alle undankbar?«

»Nein, aber die Eltern verlieren ihre Tochter, sobald sie zu ihren Schwiegereltern zieht.«

»Was passiert, wenn eine junge Mutter wieder schwanger wird?«

»Sie treibt ab.«

»Und wenn das Baby schon auf der Welt ist?«

»Dann muss sie ein Bußgeld zahlen. Und zwar ein ganz beträchtliches.«

»Kann es sein, dass eine Chinesin zehn Kinder hat?«

Die beiden Angestellten brachen in brüllendes Gelächter aus, schlossen die Augen und schlugen mit der flachen Hand auf die Tischplatte. Krämpfe schüttelten sie, sie rissen die Münder auf und wurden so rot wie ein Affenhintern. Reiskörner, Schweinefleischstückchen und schwarze Bohnen-Sauce krochen in ihren Hälsen wieder nach oben, füllten ihre Wangen und berührten fast ihre Lippen, so dass ich schon fürchtete, sie würden sich gleich übergeben.

Es war klar, dass sie so lachten, ich hatte sie geradezu dazu aufgefordert: Ein Geschäftsmann, der lacht, lacht immer zu sehr; ein chinesischer Geschäftsmann also …

Ihre große Belustigung war mir zwar unangenehm, andererseits fühlte ich mich dadurch bestärkt: Ich hätte dieser Frau Ming genauso laut ins Gesicht lachen sollen, das wäre die richtige Reaktion gewesen. Die Aufschneiderin verdiente es nicht besser. Was für eine dumme Gans!

Deshalb versuchte ich, als ich um fünfzehn Uhr wieder an ihr vorbei musste, auf Distanz zu bleiben.

Doch mit unserem Gespräch am Vormittag hatten wir in den Augen dieser Plaudertasche die Mauer der Zurückhaltung überwunden, so dass sie an unsere Unterhaltung wieder anknüpfte:

»Wie heißen Ihre Kinder?«

»Fleur und Thierry.«

Ich hatte mich bemüht, ihr mit möglichst

ernstem Gesichtsausdruck zu antworten, aber das hielt sie nicht davon ab, sich der beiden Namen sofort zu bemächtigen und sie mit einem seligen Lächeln mehrmals zu wiederholen; sie sang sie förmlich vor sich hin, ein gurrender Singsang, als handelte es sich um die melodiösesten Laute auf Erden.

»Fleur und Thierry ...«

Ehrlich gesagt, war ich gerührt. Zu hören, wie sie mit ihrer klaren Stimme diese mir so lieben Namen derart verzückt aussprach, wobei jeder Vokal aufgrund ihrer exotischen Aussprache ausgefallen und kostbar klang, das verschlug mir den Atem, und eine Träne löste sich und fiel auf meine rechte Hand.

Als ich es bemerkte, ärgerte ich mich über meine Sentimentalität.

»Entschuldigen Sie, sie fehlen mir eben.«

»Erst wenn die Kälte des Winters einsetzt, merkt man, dass die Kiefern und Zypressen ihre Nadeln länger behalten, als die anderen Bäume.«

Liebenswürdig reichte sie mir ein Papiertaschentuch.

»Freude ist überall versteckt; man muss nur verstehen, sie zu entdecken.«

Ich war derart aufgewühlt, dass ich zu den

Waschbecken hinüberging, um ungeniert zu schluchzen. Und ich muss wirklich zugeben, dass es unglaublich gut tat. Die Melancholie, die mich niederdrückte, machte mich zugleich froh, denn der Schmerz zeigte mir, wie sehr Fleur und Thierry mir am Herzen lagen.

Anschließend schnäuzte ich mich, etwas verärgert darüber, dass diese Lügnerin mich durchschaut hatte, und wollte mich möglichst schnell davonmachen.

Aber leider stand sie auf und verstellte mir mit einem Besen in der Hand den Weg.

»Wie alt sind Fleur und Thierry?«

»Fünfzehn und dreizehn.«

»Was wollen sie später einmal werden?«

»Das wissen sie noch nicht so recht.«

Aus irgendeinem Grund fügte ich noch mit ernster Miene hinzu:

»Das ist übrigens etwas, das mir Sorgen bereitet …«

Sie nickte.

»Bei meinem sechsten Kind, Li Mei, haben wir uns auch solche Sorgen gemacht. Schon als sie noch ganz klein war, sah sie andauernd Dinge, die niemand sonst bemerkte: In den Wolken entdeckte sie Gesichter, und wenn nach einem Regen dampfende Nebelschwaden im

Unterholz hingen, freute sie sich über irgendwelche tanzenden Geister. Später, wenn sie einen Erdklumpen betrachtete, fand sie darin Formen, die uns nicht auffielen, zum Beispiel ein Pferd, das sie dann zum Vorschein brachte, indem sie den Ton mit den Fingern knetete, formte und glättete. In der Holzmaserung unseres Fußbodens entdeckte sie ganze Epen, Schlachten, Reichsarmeen auf der Flucht, schreckliche Dinge, vor denen sie sich so sehr fürchtete, dass sie sich die Ohren zuhielt, um das Rasseln der Waffen oder das Röcheln der Verwundeten nicht hören zu müssen. Mein Mann klebte einen alten Teppich auf den Boden, um sie zu beruhigen – ein Glücksgriff: In dem fleckigen Gewebe meinte Li Mei, die Legende vom Phönix zu erkennen, eine Geschichte, die sie über alles liebte. Dabei hatte sie so schlechte Augen, dass der Arzt ihr schon sehr früh eine Brille verordnet hatte, die sie immer tragen musste. Eines Tages duschte ich sie ab und war auf einmal völlig perplex: Ich hatte mich so sehr an die Lupen vor ihren Augen gewöhnt, dass ich einen Schrecken bekam, als ich feststellte, dass Li Meis Augenhöhlen ohne die Brille gar nicht dreimal größer waren als die ihrer Schwestern. Mein Mann konnte mit diesem Kind überhaupt nichts anfangen. Zugegeben, in der Schule war sie nicht gerade eine Leuchte … Wenn der Lehrer im Biologieunterricht erzählte, dass Eidechsen sich von Insekten ernähren, war sie empört und weigerte sich weiter zuzuhören; im Geschichtsunterricht weinte sie, wenn der Tod eines Kaisers erwähnt wurde; in Mathe lachte sie laut heraus, als sich auf einmal die Buchstaben *x* und *y* unter die Zahlen mischten; sie kicherte vor Aufregung, wenn es hieß, eine Gerade sei kurz davor, eine Kurve zu berühren. Ich vermutete als Ursache für ihre Probleme eine übersteigerte Empfindsamkeit, mein Mann dagegen warf sich vor, ein zurückgebliebenes Kind gezeugt zu haben. ›Wem sollen wir diese Rotznase denn bloß andrehen, die nie das sieht, was alle anderen sehen, sondern immer nur das, was niemand sieht?‹ Als sie älter war, nahm er sie mit zu Poker-Turnieren, in der Hoffnung, dass sie die Karten seiner Gegner beim Spiel mit ihrem Röntgenblick durchdringen und ihm so helfen könnte, zu gewinnen. Umsonst. Li Mei erriet gar nichts, weder As noch Pik noch Karo. Stattdessen sah sie ein Licht, das über den Spielern schwebte und dessen Farbe ihr den Grad von deren Ehrlichkeit verriet, ein zinnoberroter

Schein für den Schummler, gelb, wenn es sich um einen gelegentlichen Trickser handelte, farblos bei den ganz Korrekten – natürlich, das Verhalten des Anständigen schmeckt nach nichts, wie Wasser. Mein Mann war begeistert! Er beobachtete Li Meis Gabe ein paar Wochen lang, um sicherzugehen, dass sie immer richtig lag. Dann kam er auf die Idee, dass sie ja der Polizei oder der Justiz behilflich sein könnte, ja sogar dem Geheimdienst. Er brachte Li Mei zu einem Bekannten von uns, einem Parteimitglied, der nahm sie mit zu seinem Vorgesetzten, und der wiederum stellte sie einem hohen Funktionär vor. Leider erblickte Li Mei über dem Toupet des Chefs das rote Leuchten des Betrügers: Da war es aus mit ihrer Karriere als Spionin. Mein Mann hat ihr das lange übelgenommen – nach diesem Skandal hat er seine Anstellung verloren, der Arme … Ich war bloß froh, dass man sie nicht ins Gefängnis gesteckt hat. Danach habe ich es dann zu meiner Aufgabe gemacht, für Li Mei einen Beruf zu finden. Ich erinnerte mich daran, wie sie als Kind im Lehm Figuren erkannt hatte, die sie dann herausknetete, also hatte ich die Idee, dass sie vielleicht Bildhauerin werden könnte, was eine nützliche, angesehene, gut bezahlte

Tätigkeit war. Li Mei bestand die Aufnahmeprüfung, begann ein Studium und machte im Zeichenunterricht gute Fortschritte. Aber als sie dann das Material bearbeiten sollte, konnte sie nur das aus dem Stein herausholen, was sie von sich aus darin erkannte; egal, welches Material man ihr anbot, ob Granit, Marmor oder Lavastein – nie sah sie in einem dieser Blöcke das Antlitz von Mao oder die Staffel verdienstvoller Proletarier, die sie hätte herausmeißeln sollen. Da haben ihre Professoren sie vor die Tür gesetzt.«

Sie lachte.

»Tja, wir hätten uns gar nicht so viele Sorgen machen müssen: Jetzt lebt sie in Peking und illustriert Kinderbücher. Kennen Sie Didi, die singende Kröte? Nein? Die Kinder reißen sich um die Bücher, die gehen weg wie warme Semmeln … Eine Kinderärztin schreibt die Texte, und Li Mei zeichnet dann die Bilder dazu. Ehrlich gesagt, ich wüsste nicht, ob ein anderer das könnte, denn um aus diesen Geschichten etwas zu machen, muss man schon in der Lage sein, etwas zu sehen, was den anderen entgeht. Wenn man sich nur darauf beschränken würde, was in den zehn oder fünfzehn Sätzen drinsteht, aus denen eine Folge besteht … Letztes Jahr hat sie einen Masseur geheiratet – ›das ist ein Mann, der mit den Fingern sieht‹ – und mittlerweile steht sie finanziell auf eigenen Füßen und kommt gut zurecht. Unglaublich, oder?«

Da sie mir keine Chance gelassen hatte, ein Wort einzuwerfen oder den Rückzug anzutreten, hatte ich ihre kleine Vorstellung einfach über mich ergehen lassen. Ich holte tief Luft und wiederholte leise:

»Ja, unglaublich …«

Ich hoffte, sie würde an meinem ironischen Tonfall merken, dass ich auf ihre Lügenmärchen nicht hereinfiel. Sie spürte meine Zurückhaltung, interpretierte sie aber falsch:

»Oh, halte ich Sie auf? Entschuldigen Sie bitte. Wenn es um meine Kinder geht, vergesse ich alles andere, sogar meine gute Erziehung. Nehmen Sie mir das bitte nicht übel. Auf Wiedersehen, bis morgen.«

Am liebsten hätte ich erwidert: »Entschuldige dich lieber dafür, wie du dich aufspielst, du alte Betrügerin! Die Art und Weise, wie du mich für dumm verkaufen willst, ist eine Beleidigung.« Doch ich begnügte mich, sei es aus Verwunderung, sei es aus Feigheit, mit einer Verbeugung und ging wieder nach oben, um meine Verhandlungen fortzusetzen.

***

Ich hatte mir vorgenommen, am nächsten Tag nicht in den Keller zu gehen, weil ich fürchtete, erneut ihr endloses Gerede ertragen zu müssen; doch dann stand ich mitten in einem Geschäftsabschluss abrupt und theatralisch auf und verzog mich auf die Toilette in der unteren Etage.

Sobald sie mich erblickte, begrüßte Frau Ming mich mit einem Kopfnicken und bekam sofort glänzende Augen.

Zu spät.

Vor den Waschbecken mimte ich den Sorgenvollen, ich kämmte mich, wusch mir die Hände, einmal, zweimal, säuberte meine Zähne, kämmte mich erneut, tat so, als müsste ich einen Fleck von meiner Krawatte entfernen, indem ich darauf herumkratzte, sie nass machte und wieder trocknete, kurz, ich vertat auf dümmliche Weise meine Zeit. Innerlich verfluchte ich die Falle, in die ich mich durch meine Flucht hineinmanövriert hatte, nur um meinen Gesprächspartnern zu entkommen. Wäre es nicht klüger, wenn ich mich in der Toilette einschloss und mit meinem Handy spielte? Nein, ich wollte mich nicht hinter irgendwelchen elektronischen Geräten verschanzen, diese Art von Autismus fand ich erbärmlich. Das passte nicht zu mir – wäre ich so bequem gewesen, hätte ich niemals neun Sprachen lernen und kreuz und quer die ganze Welt bereisen können. Ich stand also schlechtgelaunt vor dem Spiegel und war so sehr mit meinem Unmut beschäftigt, dass ich mir den Finger verletzte, als ich ein Stück Nagelhaut abbeißen wollte. Die Wunde fing an zu bluten, und der erste dunkelrote Tropfen landete auf meiner Krawatte, der zweite auf meinem Hemd.

»Mist!«

Frau Ming verstand zwar kein Französisch, stürzte aber dennoch herbei.

»Kommen Sie, ich helfe Ihnen. Vertrauen Sie mir. Ich habe für so etwas die richtigen Mittel.«

Ich blickte sie skeptisch an: Ihre Hilfsbereitschaft kam mir aufrichtig vor. Was für eine seltsame Person… Wenn ich diese Spinnerin ansah, empfand ich instinktiv Sympathie für sie.

Ich wickelte ein Papiertuch um meinen Zeigefinger, dann legte ich, ohne mich lange zu zieren, Jackett und Krawatte ab, zog mein

Hemd aus und vertraute ihr die beiden befleckten Stücke an. Da ich zum Glück nach der chinesischen Mode unter meiner gewohnten Kleidung noch ein enganliegendes Trikot aus weißer Baumwolle trug, sah ich, nachdem ich mein Jackett wieder übergezogen hatte, immer noch anständig aus.

Frau Ming kehrte zu ihrem Tischchen zurück, griff nach einer Schachtel, holte ein Tuch und ein kleines Fläschchen heraus und beträufelte den Stoff damit. Weil ich nicht wusste, wohin mit mir, setzte ich mich zu ihr; sie lächelte mich an, als wäre mein Näherrücken eine Geste der Freundschaft.

»Ich bin daran gewöhnt. Meine Zwillinge, Kun und Kong, waren genauso … nein, Entschuldigung, ich wollte sagen: schlimmer als Sie. Kun und Kong, das waren richtige Verführer: Alle Flecken wollten unbedingt zu ihnen. Egal, ob Fettfleck, Soßenfleck, Teefleck, Ölfleck, sie nahmen Anlauf, und hopp, rauf aufs Hemd, aufs Polohemd, den Pulli, hin zum Herzen! Meine Zwillinge haben schon sehr früh damit angefangen, eine stattliche Sammlung aus besudelten Kleidungsstücken, Kratzern, Schrammen, Stirnbeulen, aufgeschlagenen Knien anzulegen. Sie waren die unerschrockensten Kinder, die mir je begegnet sind: Sie sind aus Fenstern gesprungen, auf Bäume geklettert, über Dächer gelaufen; wir mussten alle Leitern und Stricke vor ihnen verstecken. Kaum hatte ihr Vater ihnen ein Fahrrad geschenkt, standen sie schon beide auf dem Sattel. Am Anfang hatte ich noch Angst, aber nach ein paar Jahren habe ich aufgehört, mir Sorgen zu machen: Es ging ja immer gut aus! Wenn sie auf die Idee gekommen wären, von einem dreißig Meter hohen Felsen in einen kleinen Teich springen zu wollen, ich hätte nicht mit der Wimper gezuckt. Nur wegen der Kleider habe ich geschimpft, schließlich verbrachte ich Stunden damit, sie zu waschen, zu trocknen, zu bügeln; das machte mich wütend: Wie war das möglich, dass sie eine so große Geschicklichkeit und gleichzeitig so viel Tollpatschigkeit an den Tag legten? Auf den Händen laufen, sich den Hals zwischen die Schenkel klemmen, die Brücke rückwärts machen, den anderen auf einer Schulter herumtragen, aber nicht in der Lage sein, anständig zu essen und zu trinken? Ich habe gedacht, sie machen das mit Absicht, um mich zu ärgern: Sie konnten schließlich die kompliziertesten Bewegungen ausführen, warum klappten dann die einfachsten Gesten nicht? Wissen Sie, damals wusste ich noch nicht, dass Auserwählte zwar Ungewöhnliches zustande bringen können, dafür aber an den alltäglichen Dingen scheitern. Talent ist etwas Ungerechtes, nicht nur für die, denen es fehlt, sondern auch für diejenigen, denen es geschenkt wird. Kurz und gut, am Ende habe ich aus Faulheit beschlossen, sie in kurzen Hosen herumlaufen zu lassen. Und stellen Sie sich vor, sobald sie nackt waren, machten sie sich nicht mehr schmutzig, verletzten sich nicht mehr, holten sich keine Schürfwunden mehr! Es gibt solche Kinder, die werden ungeschickt, sobald man ihnen etwas anzieht, Kinder, die einfach nicht für Schuhe, Hosen, Pullover und alles, was einengt und die Beweglichkeit stört, gemacht sind, und zu dieser Sorte von Kindern gehörten sie.«

»Ist es das, was Sie mir raten?«, folgerte ich, »dass ich meinem Beruf in Zukunft unbekleidet nachgehen soll?«

Ich hatte das mit einem Lächeln gesagt. Sie wurde rot und beugte sich noch tiefer über die Falten meines Hemdes, das immer sauberer wurde.

Frau Ming besaß tatsächlich das Talent,

mit engelsgleicher Sanftheit kolossale Lügen zu verbreiten. Im Grunde heiterten ihre Hirngespinste mich auf, also ließ ich mich auf ihr Spiel ein:

»Wurden Kun und Kong von einem Zirkus angeheuert?«

Sie zuckte zusammen.

»Woher wissen Sie das?«

Ich dachte bei mir: ›Die Logik der Fiktion … Die Erzählung mündet in eine Auflösung.‹ Nach außen hin begnügte ich mich mit einem zufriedenen Gesichtsausdruck. Dann fügte sie hinzu:

»Kun und Kong sind jetzt Akrobaten im Nationalzirkus. Es war kein leichter Weg bis dahin …«

»Warum nicht?«

»Weil sie sich gleichen wie ein Ei dem anderen. Sie sind absolut identisch, der eine ist das perfekte Abbild des anderen. Es macht einen völlig verrückt. Nicht einmal ich, ihre Mutter, konnte sie auseinanderhalten; ich war mir nie sicher, ob die Ohrfeige, die ich Kun gab, auch Kun traf und nicht Kong – in Wirklichkeit hing es von ihrem guten Willen ab. Ihre Ähnlichkeit versetzte die Leute so sehr in Staunen, dass niemand mehr überrascht war, wenn sie gemeinsam eine akrobatische Figur vorführten. Wenn die Leute sahen, dass sie einander vollkommen ähnelten, so sehr, dass man es kaum glauben mochte, waren sie der Ansicht, dass die Natur doch bereits die ganze Arbeit gemacht hatte. Dabei mussten sie ganz schön ackern, meine Zwillinge, bis es ihnen gelang, eine verblüffende akrobatische Nummer perfekt synchron hinzubekommen. Ein Flop! Die Leute haben gegähnt ... Es war so gemein! Sie dachten, der eine Junge sei das Spiegelbild des anderen. Und wer lässt sich schon von einem Spiegelbild beeindrucken ... Ich habe Kun und Kong geraten, etwas zu unternehmen, damit sie nicht mehr so gleich aussahen. Sie sollten verschiedene Frisuren ausprobieren, Kostüme anziehen, die nicht zusammenpassten, sich unterschiedlich schminken; außerdem habe ich angeordnet, dass Kun zu- und Kong abnehmen sollte. Tränen sind geflossen! Ein Drama ... Aber ich bin hart geblieben. Und sie haben mir gehorcht. Danach hat nicht nur keiner mehr gesehen, dass sie Zwillinge waren, sondern die Leute ahnten nicht mal mehr, dass sie miteinander verwandt waren. Und als sie dann ihre Nummer wieder vorführten, riss es die Leute von den Stühlen.«

»Besuchen sie Sie oft?«

Sie machte ein trauriges Gesicht.

»Nein. Der Nationalzirkus reist sehr viel. Ich glaube, vor kurzem waren sie in Ihrem Land … in Frankreich … in der Stadt … Maroco … Manoco.«

»Monaco?«

Sie dankte mir und freute sich, dass ich ihren Fehler berichtigt hatte, und wiederholte mehrmals die Aussprache, um sie sich einzuprägen:

»Monaco! Monaco! Monaco!«

Ich weiß nicht mehr, ob ich es rührend oder entnervend fand, dass ihr so viel daran lag, ihre erfundene Geschichte mit wahrheitsgetreuen Details auszuschmücken.

»Monaco liegt zwar in Frankreich, aber es ist keine französische Stadt, sondern ein Fürstentum«, stellte ich richtig. »Ein Königreich auf einem Felsen.«

Frau Ming zog skeptisch die Augenbrauen hoch. Ein Königreich auf einem Felsen? Eine nicht französische Stadt auf französischem Territorium? Das wollte sie nicht recht glauben, und sie musterte mich so misstrauisch, dass sie beinahe schielte.

Das war der Tropfen, der das Fass zum Überlaufen brachte. Was für eine Chuzpe! An meinen Worten zu zweifeln, während sie mich schamlos zum Besten hielt, indem sie sich Kinder erdichtete! Wut stieg in mir hoch. Ich konnte nicht anders und versuchte, sie aufs Glatteis zu führen:

»Frau Ming, hatte die Regierung nichts dagegen einzuwenden, dass Sie zehn Kinder bekommen haben?«

»Wir wohnten auf dem Land, in einem sehr abgelegenen Haus.«

»Und niemand hat Sie angeschwärzt?«

»Was haben wir denn Böses getan? Mein Mann und ich haben uns zehn Kinder gewünscht, wir haben zehn Kinder bekommen und sie gut erzogen. Aus welchem Grund hätten die Leute daran Anstoß nehmen sollen?«

Ich seufzte, aber ich war noch nicht fertig mit meinem Verhör:

»Es hätte doch sein können, dass ein neidischer, frustrierter Nachbar Sie denunziert.«

»Wir sind oft umgezogen.«

»Oder dass ein Lehrer stutzig wird…«

»Unsere Kinder tragen unterschiedliche Namen. Wir haben ihnen beigebracht, so zu tun, als wären sie Cousins und keine Geschwister.«

Ich stellte fest, dass sie über ihre Lügengeschichte offenbar ausreichend nachgedacht hatte, um glaubwürdig zu erscheinen – ich schien also nicht der Erste zu sein, dem sie dieses Märchen von den zehn Kindern auftischte …

»Leben denn von Ihren Kindern noch einige bei Ihnen?«

»Nein, keines.«

»Warum nicht?«

»Sie sind erwachsen. Sie arbeiten.«

»Hier?«

»Überall verstreut. Manche von ihnen ziemlich weit weg.«

»Komisch, oder?«

Sie setzte sich auf ihrem Hocker kerzengerade hin.

»Nach dem Tod meines Mannes bin ich hierher nach Yunhai gekommen.«

»Warum?«

Sie zuckte mit den Schultern, ärgerlich darüber, etwas aussprechen zu müssen, das doch offensichtlich war:

»Weil es hier Arbeit gibt. Bevor ich diesen Posten im Grandhotel bekommen habe, habe ich drei Jahre in der Fabrik von Pearl River Plastic Production gearbeitet.«

Ich rief begeistert aus:

»Pearl River Plastic Production? Mit denen mache ich auch Geschäfte! Das ist ja lustig …«

Sie warf mir einen feindseligen Blick zu, der besagte, dass es ihrer Meinung nach weder einen Grund gab, zu lachen, noch, dermaßen erstaunt zu sein – schließlich arbeiteten die meisten Menschen in Yunhai für Pearl River Plastic Production.

»Und in welcher Abteilung haben Sie bei Pearl gearbeitet, Frau Ming?«

»In der Puppenwerkstatt.«

Sie gab mir meine Krawatte und mein Hemd zurück, griff nach ihrer Tasche, verstaute ihre Utensilien darin, kippte ihren Teller mit Kleingeld aus und sagte mit ausdrucksloser Miene in höflichem, aber hartem Tonfall zu mir:

»Guten Abend, mein Herr.«

Ich bedankte mich, wünschte ihr dasselbe und ging automatisch nach oben, und erst auf halber Treppe wurde mir bewusst, dass ich soeben von der Toilettenfrau hinauskomplimentiert worden war.

* * *

Am Tag darauf wurde ich zu Pearl River Plastic Production gefahren, denn der Direktor wünschte, dass ich zusammen mit ihm und den beiden Vertriebsmitarbeitern, deren Geduld ich strapazierte, die Fabrik besichtigte.

In riesigen Hallen – eine minimalistische Architektur: vier Mauern und ein Dach – waren Hunderte von Arbeitern schweigend damit beschäftigt, Spielzeug herzustellen. Die Aufgabenverteilung spiegelte die Geschlechterrollen in unserer Gesellschaft wider: Die Männer hantierten mit Autos, die Frauen mit Puppen.

Die Puppenwerkstatt, in der Frau Ming gearbeitet hatte, beeindruckte mich. In vergitterten Containern wurden rosafarbene, identische, sortierte Gliedmaßen herangefahren: ein Container mit Köpfen, einer mit Torsos, einer mit rechten Armen, einer mit linken Armen, hier die rechten Beine, dort die linken Beine. Dann wurden die Behälter kaltblütig geleert und die Einzelteile weitertransportiert, auf Förderbändern, von denen die Arbeiterinnen sie dann herunternahmen und rasch zusammensetzten, so dass sie schließlich als komplette Babypuppen am Ende des Laufbandes ankamen.

Das Ganze erinnerte an einen Schlachthof in umgekehrter Reihenfolge, wo zerstückelte Lebewesen wieder ganzgemacht wurden.

So wurden hier Tag für Tag Tausende Babys geboren. Die Frauen trugen einen Gesichtsschutz aus Papier und blaue Hauben auf den Haaren und sahen damit aus wie Krankenschwestern, die Kinder auf die Welt holten. Seltsame Kindermädchen waren das, präzise, flink, emotionslos, die einem kopflosen Torso ein Haupt aufdrückten, Arme einsetzten, Beine anschraubten, ein krummes Bein oder einen gespaltenen Schädel in den Mülleimer warfen, an den Körpern zogen, um ihre Haltbarkeit zu testen, bevor sie der Oberkrankenschwester am Ende der Kette schließlich einen hübschen, nackten Säugling präsentierten, den diese dann auf seine Lebensfähigkeit hin überprüfte. Danach wurden die Auserwählten von den geschickten Händen der Näherinnen in Hosen, Schlafanzüge, Latzhosen gekleidet und anschließend in eine Schachtel eingeschweißt. Für eine Entbindungsstation fehlte das Geplärre und Gegluckse, der Jubel, die Glückwünsche, das Lachen; außer dem Rattern der Maschinen hörte man hier keinen Laut.

In der Nähe des Ausgangs sah ich mir die übereinandergestapelten Körper an: Sie hatten so viel Ähnlichkeit mit realen Personen, dass ich den Anblick, wie sie da alle auf einem

Haufen lagen, schockierend fand. Und auch ihr identisches Aussehen verursachte mir Unbehagen. Welche sollte man auswählen? Für welche sich entscheiden? Warum diese hier anstelle von jener dort? Während ich darüber nachdachte, machte ich den Fehler, den Blick durch die Fabrikhalle schweifen zu lassen: Die asiatischen Arbeiterinnen mit ihren Gesichtsmasken, den Kopfbedeckungen, den türkisfarbenen Kitteln sahen alle gleich aus! Ich schauderte… Wie? War das etwa unsere menschliche Situation? Wir halten uns für etwas Besonderes, obwohl wir alle derselben Form entspringen, einander ähnlich sind, bis hin zu dem anmaßenden Glauben an unsere Einzigartigkeit …

Ich schüttelte mich, um diese finsteren Überlegungen loszuwerden, und machte ein paar Schritte auf die Puppen zu, um sie anzufassen. Heute mochten sie noch austauschbar sein, aber schon morgen, sobald ein Kind sie zu sich nahm, würden sie anfangen, sich voneinander zu unterscheiden; sobald jemand sie ins Herz schloss, eine Geschichte ihre Spuren hinterließ, Erfahrungen sie prägten. Unsere Phantasie macht uns einzigartig, sie ist es, die uns aus der Banalität, der Wiederholung und der Uniformität herausreißt. Das Schicksal der Spielzeuge ähnelte dem Schicksal der Menschen: Die Phantasie allein vermag es, Originale zu erschaffen, indem sie Geschichten erfindet und imaginäre Bindungen herstellt und so einzigartige Wesen entstehen lässt; ohne unsere Phantasie wären wir einander nah, zu nah, vollkommen identisch, und lägen flach gedrückt einer auf dem anderen in den Containern der Realität.

Frau Ming hatte völlig recht, zu bluffen. Manchmal schlägt das Schicksal so unerbittlich zu, dass ein Funken Phantasie nötig ist, um es erträglicher zu machen. Dachte ich an die drei Jahre, die sie hier verbracht hatte und in denen ihr Lebensinhalt nur aus öden Aufgaben bestanden hatte, die sie zwölf Stunden lang inmitten von Kollegen, die wie Automaten wirkten, ständig wiederholen musste, dann verstand ich ihren Drang, zu entfliehen, auszubrechen, andere Luft zu atmen. Ja, in diesem Gefängnis war die Illusion der einzige Himmel, der ein Entkommen möglich machte. Das Märchen von ihren zehn Kindern war ihre Rettung.

* * *

Zurück im Grandhotel ging ich sofort in den Keller; ich verspürte ein vorher nicht dagewesenes Mitgefühl für Frau Ming und ihre Täuschungen und wollte den unseligen Eindruck, den ich am Vortag hinterlassen hatte, unbedingt wieder ausradieren, als ich mich erst misstrauisch und dann inquisitorisch verhalten hatte.

Frau Ming gab sich sehr reserviert. Beim Händewaschen spürte ich, wie sie jede meiner Gesten mit ihrem kühlen Blick verfolgte.

Wie sollte ich das Eis brechen?

Ich stürzte einfach auf sie zu.

»Ich möchte mich für mein Verhalten gestern entschuldigen. Meine Fragen waren unangenehm für Sie, und außerdem habe ich Ihnen kaum dafür gedankt, dass Sie meine Kleidung wieder in Ordnung gebracht haben.«

»Das macht nichts.«

»Doch.«

»Handle stets aus Freundlichkeit, ohne dafür Dankbarkeit zu erwarten«, murmelte sie vor sich hin.

»Ich liebe es, wenn Sie von Ihren Kindern erzählen, Frau Ming. Man spürt, was für eine gute Mutter Sie sind.«

Damit hatte sie nicht gerechnet, sie wurde rot. Ich nutzte die Gunst des Augenblicks:

»Man muss aber auch sagen, dass Sie großes Glück hatten! Ihre Sprösslinge scheinen ja wahre Tiger und Drachen zu sein. Sie haben mir zwar erst drei von ihnen beschrieben, Li Mei, Kun und Kong, aber ich wette, dass auch die anderen bemerkenswert sind.«

Geschmeichelt stammelte sie:

»Kein Wunder. Jedes Wesen ist einzigartig. Wenn wir das nicht sehen, liegt es an uns.«

»Erzählen Sie mir von ihnen.«

»Sie …«

»Ich kann mich erinnern, dass Sie eine kleine Da-Xia haben. Was für ein besonderer Name …«

»Da-Xia? Ein hübscher Name, aber ein schreckliches Kind, vollkommen besessen von einer einzigen Sache: Sie wollte Madame Mao töten.«

»Wie bitte?«

»Als sie fünf war, die Nase voller Rotz und Zöpfe so dünn wie Bindfäden, da verkündete uns Da-Xia: ›Wenn ich groß bin, bringe ich Madame Mao um.‹ Dann machte sie ein ganz furchterregendes Gesicht und fügte hinzu: ›Vielleicht sogar schon vorher!‹ Mein Mann und ich haben natürlich laut losgelacht, ebenso ihre Brüder und Schwestern, weil wir diese

Drohung für kindliches Imponiergehabe hielten. Weit gefehlt! Da-Xia hat sich völlig in diese Vorstellung verrannt, sie hat sich sozusagen daran emporgerankt. Sie war ständig damit beschäftigt, ihr mörderisches Komplott zu schmieden, nachts hat sie davon geträumt und tagsüber hat sie an nichts anderes gedacht. Jeder Erwachsene wurde von ihr ausgefragt, wie man jemanden um die Ecke bringen kann, und sobald sie lesen konnte, hat sie sich die Lexika vorgenommen. Es war beängstigend für mich, ein kleines Mädchen großzuziehen, das sich bestens mit Giften auskennt und alles über Gewehre weiß, das jeden Morgen mit Dolchen trainiert und einem dabei die fünfzehn Möglichkeiten aufzählt, einen Menschen zu ersticken. Eine Zeitlang hatte ich Angst, sie könnte die Tiere auf dem Hof zu Übungszwecken benutzen, oder sogar ihre Geschwister. Aber Da-Xia war zwar jähzornig, aufbrausend, oft gehässig, ihrer Familie gegenüber jedoch immer fair. Nur sobald jemand Madame Mao erwähnte …«

»Warum Madame Mao?«

»Da-Xia hat diese räudige Ziege gehasst. Madame Mao hatte ja während der Kulturrevolution hunderttausende Chinesen ermorden lassen, brillante Leute in Umerziehungslager geschickt, um sie zu demütigen und ihr Talent zu zerstören, während Idioten befördert und das Theater, die Oper und die Musik zugrunde gerichtet wurden. Nicht ohne Grund wurde sie, die so viele Kadaver angehäuft hatte, von den Leuten ›die Hexe mit den weißen Knochen‹ genannt... Und als der Große Steuermann dann starb, da war sie auch noch der Meinung, nun würde die Macht ihr gehören! Erinnern Sie sich an die Viererbande, diese Banditen Zhang Chunqiao, Yao Wenyuan, Wang Hongwen und die Witwe Mao? Da-Xia war gerade in dem Alter, in dem Kinder anfangen, viele Dinge zu begreifen, als diese Leute verurteilt wurden. Der Prozess wurde im Fernsehen übertragen. Sie wurden zu richtigen Stars. Das neue Regime wollte deutlich machen, dass es nun vorbei sei mit dem Chaos, der Vernichtung, der radikalen, extrem linken Politik, unter der wir zuvor gelitten hatten. Wir, das Volk, ließen uns nicht hinters Licht führen – wir ahnten, dass die Regierung uns etwas vormachte: Die Tyrannen wurden nur deshalb vorgeführt, weil sie als Sündenböcke gebraucht wurden. Aber selbst, wenn man ahnte, dass das Ganze nur ein Trick war, vergaß man es, sobald man das Spektakel sah. Es war erschreckend, faszinierend und urkomisch, zuzusehen, wie diese Hündin Mao mit ausgestrecktem Zeigefinger ins Mikrophon brüllte und auf ihre Ankläger spuckte. Endlich hatte das ehemalige Schauspiel-Sternchen aus Shanghai ein Publikum gefunden. Nur dass sie nicht mehr spielte. Da-Xia klebte die ganze Zeit über am Bildschirm wie eine Katze, die vor dem Vogelkäfig lauert. Als die Witwe Mao zum Tode verurteilt wurde, hat Da-Xia Beifall geklatscht und bis Mitternacht um den Tisch herum getanzt. Aber das Gericht hat der despotischen Alten zwei Jahre Aufschub gewährt, damit sie Reue zeigen konnte. Meine Da-Xia hatte noch keine große Lebenserfahrung, sie ahnte aber, dass Madame Mao niemals ein schlechtes Gewissen oder Bedauern zeigen würde. Also hat sie beschlossen, ihr den Garaus zu machen.«

»Eine Rächerin also, eine Kämpferin für die Gerechtigkeit?«

»Jemanden abmurksen, ist das gerecht? Da-Xia war schockiert – so wie viele unserer Landsleute auch –, dass Madame Mao jahrelang weiterleben durfte, ohne dass jemand noch daran dachte, ihre Strafe zu vollstrecken. Also beschloss Da-Xia, dass dann eben sie den Henker spielen würde. Dann …«

»Was passierte dann?«

»Dann hieß es im Fernsehen, Madame Mao habe in ihrer Wohnung Selbstmord begangen. Da-Xia schäumte vor Wut. Die Unterdrückerin hatte sie um ihre große Tat gebracht. Aber das Schlimmste kam erst noch ... Kurz darauf erfuhren wir, dass sie bereits zwei Jahre zuvor Selbstmord begangen hatte. Zwei Jahre! Die Regierung hatte es vierundzwanzig Monate lang geheim gehalten. Da-Xia war völlig fertig: Nicht genug, dass man ihr ihre Bestimmung geraubt hatte, nun musste sie auch noch erfahren, dass sie sich die letzten Jahre umsonst abgemüht hatte, eine perfekte Mörderin zu werden. Von dem Tag an hat sie ihr Zimmer nicht mehr verlassen und aufgehört zu essen.«

»Was haben Sie da gemacht?«

»Ihr Vater hat ihr eine Liste geschrieben, damit sie sich einen anderen Tyrannen aussucht, den sie hassen kann. Das kam für sie nicht in Frage! Da-Xia hat ihn weggeschickt.«

»Und dann?«

»Ich habe zu ihr gesagt: ›Meine Tochter: Wenn du einem würdigen Menschen begegnest, so denke daran, ihm gleich zu werden. Wenn du einen Unwürdigen siehst, so suche seine Fehler in dir.‹ Und sie hat verstanden.«

»Ich nicht ...«

»Sie erinnern mich an meinen Mann ... Da-Xia hatte mit einem ähnlichen Temperament zu kämpfen wie Madame Mao – sie war lebhaft, unbeherrscht, hart, unabhängig. Jemand, der nahestehende Menschen manipuliert, eher anschmiegsam als liebevoll, stets eher Verführerin als Verführte. Während Madame Mao sich als kleines Mädchen dagegen gewehrt hatte, dass man ihr die Füße bandagierte, zerriss Da-Xia die Kleider, die Ting Ting, ihre große Schwester, an sie weitergab. Wenn sie etwas unbedingt haben wollte, ging sie immer davon aus, dass alle anderen es sich genauso sehnlichst wünschen müssten wie sie. Während Madame Mao den machthabenden Kommunisten verkündet hatte: ›Wer mir dient, der dient dem Volk‹, rief Da-Xia ihren Brüdern zu, als sie sich weigerten, ihr ihre Taschenmesser zu geben: ›Wer mir hilft, hilft der Gerechtigkeit.‹ Genau wie Madame Mao war Da-Xia davon überzeugt, ein außergewöhnliches Mädchen zu sein, der Masse weit überlegen; wenn einem Erwachsenen das nicht auffiel, reagierte sie beleidigt und wurde leicht aggressiv. Der Wunsch, Madame Mao zu töten, bedeutete eigentlich, die Madame Mao *in sich selbst* töten zu wollen.«

»Bravo!«

»Fehler haben und sich nicht bessern: Das ist der größte Fehler. Da-Xia hat uns bewiesen, dass sie in der Lage war, sich zu bessern. Sie bemühte sich, gegen ihren Charakter anzukämpfen anstatt gegen den Geist von Madame Mao. Der Weise findet den Grund für seine Schwächen in sich selbst; der Verwirrte sucht die Schuld bei den anderen.«

»Wo lebt sie?«

»In Hongkong. Sie ist Headhunterin. Drei Ehemänner haben sich bereits an ihr die Zähne ausgebissen.«

»Wie bei Madame Mao …«

Als ich das sagte, gluckste Frau Ming. Sie war zwar sehr in ihre Geschichte vertieft, hatte aber ihren Humor keineswegs verloren.

»Oh«, fuhr sie genüsslich fort, »wo wir gerade bei dem Thema sind – ihre Schwester Ting Ting …«

In dem Moment kam ein Mann herein, der ebenso breit wie hoch war. Sie erstarrte. Der grobschlächtige Kerl zappelte herum, hatte ein feistes Grinsen in seinem fetten Gesicht, schwitzte an den Schläfen und redete in einer Sprache, die ich nicht verstand – Hakka –, laut auf sie ein. Er benahm sich übertrieben freundlich und tätschelte seiner Landsmännin die Schultern, bevor er sich ans Pissoir stellte. Summend entleerte er seine Blase, dann rülpste er, ranzte Frau Ming an, schleuderte ihr im Gehen noch einen Wortschwall ins Gesicht, lachte mehrmals falsch auf und machte sich schließlich aus dem Staub, ohne ein Trinkgeld zu geben.

»War das ein Cousin von Ihnen?«, fragte ich.

»Nein.«

»Er schien Sie gut zu kennen.«

»Der Würdige verhält sich freundlich, doch nicht vertraulich. Der Unwürdige verhält sich vertraulich, doch nicht freundlich.«

In dem Moment tauchte ein Schwarm Amerikaner auf, und ich ließ Frau Ming allein, damit sie ihres Amtes, der Erhaltung der Sauberkeit, walten konnte.

* * *

Danach verreiste ich für fünf Tage nach Shenzhen, um dort Kontakte zu knüpfen. Zurück in Yunhai hatte ich es eilig, meine Verhandlungen zum Abschluss zu bringen, deshalb war mir bewusst, dass mir nicht mehr viel Zeit blieb, um alle von Frau Ming erfundenen Geschichten zu hören.

Am Montag brachte ich ihr eine Schachtel mit französischen Pralinen mit, die ich in Shenzhen aufgetrieben hatte.

»Frau Ming, ich werde frühestens in einem halben Jahr wiederkommen, und ich habe Ihnen ein kleines Geschenk besorgt.«

Erst war sie gerührt, dann protestierte sie, wies die Schachtel zurück, nahm sie dann doch, griff nach der Verpackung, zögerte, sie zu öffnen, entschloss sich schließlich dazu, protestierte erneut, während sie verzückt die kleinen Schokoladenstückchen betrachtete, gab sie mir wieder zurück und behauptete, das sei ein zu üppiges Geschenk, nahm sie dann aber doch an, bedankte sich anschließend fünfzehnmal bei mir und bestand darauf, dass wir sie gemeinsam probierten.

Wir setzten uns einander gegenüber an ihr wackeliges Tischchen, zwischen uns das Trinkgeld und die Süßigkeiten.

»Bitte, beschreiben Sie mir Fleur und Thierry«, forderte sie mich auf, nachdem sie genüsslich und begleitet von unzähligen Lauten des Wohlbefindens eine gefüllte Nougatpraline verschlungen hatte.

Wenn ich ihr nicht gehorchte, so fürchtete ich, würde sie mir nichts erzählen, also berichtete ich ihr ein paar Anekdoten über die beiden.

Die ganze Zeit, während ich mein Leben mit Fleur und Thierry schilderte, musterte sie mich prüfend. Ihr scharfer Blick nahm mir den Schwung, und ich war immer weniger davon überzeugt, dass sie sich für meine Geschichten interessierte.

Nach ein paar Minuten gab ich es auf, ihre gesteigerte Aufmerksamkeit brachte mich zu sehr aus dem Konzept:

»Frau Ming, bitte sagen Sie mir doch, was Sie mir raten würden. Sie scheinen eine so kluge Mutter zu sein, helfen Sie mir doch, ein besserer Vater zu sein, als ich es bin.«

Ihre ohnehin geröteten Wangen färbten sich noch dunkler ein. Widerwillig verzog sie den Mund.

»Zwecklos.«

»Wieso?«

»Die Erfahrung ist eine Kerze, die nur dem leuchtet, der sie trägt.«

Ich ließ nicht locker, obwohl sie mir sehr reserviert vorkam. Da fiel sie mir ins Wort:

»Warum lügen Sie mich an?«

»Wie bitte?«

»Ich schätze Sie sehr, mein Herr, und ich

bin voller Anerkennung für Ihre Besorgnis, aber warum lügen Sie?«

Ich bekam den Mund nicht zu, war wie vom Blitz getroffen, die Ironie der Situation war zu viel für mich: Diese Frau mit ihren Hirngespinsten, die sich zehn Leben erfand und das Unmögliche behauptete, warf mir Falschheit vor!

Sie schüttelte den Kopf und fügte mit bebender Stimme hinzu:

»Ich bin mit Na von der Rezeption oben befreundet. Wir haben zufällig über Sie gesprochen. Um sicherzugehen, dass wir von der gleichen Person sprechen, hat sie ihre Daten ausgedruckt.«

Ich wurde blass. Angsteinflößend und sanft zugleich fuhr sie fort:

»Wer sind das Mädchen und der Junge auf dem Foto, das Sie mit sich herumtragen? Den offiziellen Dokumenten nach sind Sie kinderlos.«

Das war zu viel. Ich verließ den Raum und ging nach oben in mein Zimmer. Vom Bett aus tätigte ich einen Anruf, um meinen Termin zu verschieben, und gab als Grund an, ich würde mich nicht wohlfühlen – was im Übrigen nicht mal übertrieben war, denn ich übergab mich den ganzen restlichen Tag und die ganze Nacht lang. Kotzen, anstatt zu weinen. Meinen Frust erbrechen. Kotzen, um mich zu befreien. Von mir selbst.

Ja, Frau Ming hatte ins Schwarze getroffen: Ich hatte sie angeschwindelt.

Ich hatte vor ihr angegeben und meine Prahlerei danach einfach wieder vergessen. Als mir zwei Wochen zuvor das Foto von meinem Neffen und meiner Nichte aus der Tasche gerutscht war, hatte ich Frau Ming in dem Glauben belassen, dass es sich um meine Kinder handelte. Abgesehen davon, dass diese Verwechslung in dem Moment ohne jede Bedeutung war, hatte das Missverständnis mir einen wohligen Schauder bereitet; anschließend hatte ich mich dann nicht mehr getraut, es richtigzustellen; mehr noch, ich hatte es genossen, die Hochstapelei fortzusetzen, meiner Schwester ihre Sprösslinge zu stehlen und mich als Vater auszugeben, ich hatte mich daran berauscht.

* * *

Am Dienstagmorgen brachte ich die Verträge innerhalb von drei Stunden zum Abschluss, denn ich hatte mir vorgenommen, meine

Selbstachtung wiederherzustellen, und als die lästigen Pflichten dann erfüllt waren, trugen meine Füße mich sogleich wie von selbst nach unten in den Hotelkeller.

* * *

Frau Ming, die offenbar mit meinem Kommen gerechnet hatte, scharrte vor Genugtuung mit den Füßen, als sie mich erblickte.

Als ich unschlüssig und linkisch vor ihr stand, empfing sie mich gütig wie jemanden, der gerade eine schwere Krankheit hinter sich hat.

»Warum?«, fragte sie leise.

Ich wandte den Blick ab.

»Warum was? Warum ich Sie getäuscht habe, oder warum ich keine Kinder habe?«

»Warum haben Sie keine?«

»Ich liebe es zu reisen, unterwegs zu sein.«

»Millionen von Vätern verlassen regelmäßig ihre Familien, ohne deswegen Skrupel zu haben.«

»Ich habe in keiner der Frauen, die ich kennengelernt habe, eine Mutter gesehen.«

»Sagen Sie doch lieber, dass keine der Frauen, die Sie kennengelernt haben, in Ihnen einen Vater gesehen hat.«

Sie verschob ihren Unterteller mit Münzen und setzte nach:

»Schade! Sie hätten sich ruhig trauen sollen… Mein Zweitgeborener, Ho, hat mir gestanden: Sein Sohn hat ihm gezeigt, dass in ihm ein Vater steckt; vom allerersten Moment an, als das Baby ihn zum ersten Mal angeblickt hat, hat ihn das von Grund auf verändert, ihn gezwungen, zu wachsen. Im Übrigen braucht man Ho nicht dafür zu loben, dass er ein Kind gezeugt hat – fraglich, ob er sich dessen bewusst gewesen ist. Nach wie vor ist er ein inkonsequenter Mensch, ein Wettsüchtiger, ein Pokerspieler, ein Roulette-Junkie und besessener Mah-Jong-Spieler, ein kleiner Junge, der glaubt, er würde den Zufall beherrschen und der sich bei dem Versuch, das zu beweisen, ruiniert. Ein Versager, der gerne als Held dastehen will… Man muss sich wirklich Sorgen um ihn machen! Ho lernt einfach nicht aus seinen Fehlern. Seine Frau hat ihn in die Wüste geschickt, seine Freunde haben ihn verlassen. Er macht mir großen Kummer: Wenn einer im reifen Alter noch die Missbilligung der anderen auf sich zieht, dann gibt es keine Hoffnung mehr.«

Ein enormer Seufzer ließ ihren zierlichen Brustkorb erbeben.

»Wenn ich an Ho denke, dann wäre ich lieber die Mutter eines Baumes, einer Eiche oder einer Linde. Bäume sind das Gegenteil von uns Menschen: Je älter sie werden, desto mehr streben sie dem Himmel entgegen.«

Sie merkte, dass sie vom Thema abgekommen war, hielt inne und warf mir einen ergebenen Blick zu.

»Sehen Sie der Wirklichkeit ins Auge. Lassen Sie die Trauer darüber zu, dass Sie keine Familie haben. Manchmal ist es besser, dem Schmerz die Tür zu öffnen.«

Nun, diese Tür hielt Frau Ming für mich gerade weit auf… Mein Herz füllte sich auf einmal mit Furcht, ich sah eine dunkle, zähe Leere vor mir liegen, eine große Lücke in meinem Leben an der Stelle, wo Kinder hätten sein können. War es zu spät? Oder würde ich eines Tages noch eine Familie gründen?

Als hätte sie meine Gedanken gehört, entgegnete sie mir:

»Noch ist Zeit. Ihr Männer habt ja das Glück, zu dieser Art von Verabredung zu spät kommen zu dürfen.«

Eigentlich hätte ich sie in die Schranken

weisen müssen, ihr erklären sollen, dass ihre Vorwürfe sie genauso betrafen wie mich, aber ich ließ es bleiben.

Als ein Hotelpage die Treppe herunterkam und mir ein Zeichen machte, dass der Wagen nun da sei, der mich nach Peking bringen sollte, stammelte ich ein paar Abschiedsworte.

* * *

Ich kehrte nach Paris zurück und vergaß alles, China, Frau Ming, ihre Unaufrichtigkeit, meine eigene – der Flug über achttausendzweihundert Kilometer hatte alles ausgelöscht; all die Fragen, die ich mir stellte, blieben dort zurück, wo sie aufgetaucht waren, in Yunhai.

Sobald ich wieder in Saint-Germain-des-Prés war, flüchtete ich mich in die Arme meiner Freundin Irène, einer Schönheit, mit der ich mich schon lange regelmäßig traf und die genau wie ich ein ungebundenes Leben führte. Sie war vierunddreißig, rothaarig, schlank, eine unbeschwerte Draufgängerin, hatte wunderbare Beine und arbeitete als Rechtsanwältin auf dem Gebiet des Urheberrechts, kurz, sie war genau der Typ Frau, in den ich mich hätte verlieben können – wenn ich denn der

Typ Mann gewesen wäre, der sich verliebt…;
aber das erste, was ich stets zu meinen Partnerinnen sagte, war, dass ich mich nicht binden wollte, und diesem Prinzip blieb ich auch stets treu.

Irène schlüpfte aus dem Bett, wo unsere Umarmungen nach der langen Trennung noch stürmischer gewesen waren als sonst, und teilte mir mit, dass sie schwanger sei.

Meine Reaktion auf diese Nachricht war ein langes Schweigen.

Sie sagte es noch einmal.

Da packte mich die Wut, und ohne dass ich es wollte, formten meine Lippen die folgenden Worte:

»Ich habe zwar mit dir geschlafen, aber von Kindern war nie die Rede.«

»Ein Unfall.«

»Und deiner Meinung nach bin ich der Vater?«

»Sieht ganz so aus.«

»Da bin ich mir aber nicht so sicher.«

»Na gut, ganz sicher bin ich mir auch nicht… Ich glaube es aber ganz fest.«

»Und wer sind die anderen Kandidaten, die als Erzeuger in Frage kommen?«

»Du weißt schon, wer. Pierre, mein Ex-

Mann, und Benoît, mit dem ich diese kurze Affäre hatte.«

Ich nutzte ihre Ehrlichkeit aus, um ihr mitzuteilen, dass ich sie verlassen würde, und machte mich so rasch ich konnte aus dem Staub.

Irène sah traurig hinter mir her, mit zusammengepressten Lippen und starrem Blick. Eigentlich bewunderte ich sie doch für ihre Unabhängigkeit, ihren Mut, ihre Kühnheit und ihren Freigeist, aber jetzt, da sie mir auf einmal mit dem Thema Familie kam, fühlte ich mich von ihr vereinnahmt. Von dem Tag an reagierte ich nicht mehr auf ihre Anrufe und Nachrichten.

* * *

Meine Firma schickte mich nach Nordamerika und anschließend nach Skandinavien. Irgendwann auf diesen Reisen dämmerte es mir, dass ich seit Jahren vor jeder festen Bindung davonlief. Mein ständiger Aktivismus schützte mich davor, über mich selbst nachzudenken. Mein dauerndes Unterwegssein sorgte unweigerlich dafür, dass ich den Kontakt zu mir selbst verlor. Mit jeder Geschäftsreise stellte sich eine

Amnesie ein, und ich vergaß mein vorheriges Leben, denn durch jede Reise wurde ich mit ganz neuen Eindrücken konfrontiert, die ich verarbeiten musste; die ungewohnten Umstände machten es mir leicht, mich nur mit Problemen außerhalb meiner Selbst zu beschäftigen und niemals mit solchen, die mein Inneres betrafen. Die typische Illusion des Handelsreisenden …

***

Sieben Monate später reiste ich wieder nach China. Kaum hatte ich einen Fuß auf chinesischen Boden gesetzt, da überkam mich wie eine örtlich begrenzte Allergie der Wunsch, Kinder großzuziehen.

Das ärgerte mich. Warum? Warum hier? Weckte das Land meine Vatergefühle, weil die Menschenmassen um mich herum ansteckend auf mich wirkten, so dass ich den Drang verspürte, bestehendem Leben weiteres Leben hinzuzufügen, oder verhielt es sich umgekehrt, und die strikte Begrenzung der Geburten ließ mich an meinen eigenen Fall denken? Ich fing an, Irènes Nachrichten auf meinem Telefon noch einmal zu lesen, in denen sie mich mit kurzen, nüchternen Mitteilungen über ihre Schwangerschaft auf dem Laufenden hielt.

Auf dem Weg zum Grandhotel in Yunhai schaltete mein Fahrer das Radio ein. In den Nachrichten beglückwünschte sich ein Mitglied der Regierung ausgerechnet dazu, dass 400 Millionen Chinesen dank der Ein-Kind-Politik nicht geboren worden seien. Diese Bemerkung machte mich betroffen: Wie konnte man sich über 400 Millionen Gespenster freuen? Oder anders gesagt, über 400 Millionen Menschen, die nicht existierten … Warum wurde in das Nicht-Sein investiert, anstatt in das Sein? In dieser Masse von nicht zur Welt gekommenen Chinesen befanden sich bestimmt intelligente Leute, brillante Leute, Leute, die gebraucht wurden, mutige Menschen, und außerdem auch der neue Mozart, der nächste Einstein, der kommende Pasteur, Genies, welche die gesamte Menschheit verändert hätten … Nein, abgesehen von Frau Ming schockierte das hier niemanden: Aus Angst vor der Überbevölkerung und ihren Folgen, der Hungersnot, begrüßten die Regierung und die Mitarbeiter der staatlichen Familienplanung freudig die Tatsache, dass da nichts war … 400 Millionen Mal nichts …

***

Ich bezog mein Zimmer und wollte noch ein wenig warten, ehe ich zu Frau Ming ging, um sie zu begrüßen.

Doch ich musste die ganze Zeit an sie denken … Ich freute mich schon darauf, ihr wieder zuzuhören, wie sie von den Abenteuern ihres Nachwuchses erzählte, den sie so gerne großgezogen hätte. Anhand dieser ausgeschmückten Geschichten, in denen ihre Phantasie sich voll entfaltete, spürte ich, wie sehr ihr Kinder fehlten, wie groß ihr Kummer darüber war, nichts weitergeben zu können, wie gerne sie jemandem ihre Liebe geschenkt hätte. Ging es mir genauso wie ihr?

Was für ein idiotischer Vorsatz! Worauf wartete ich denn noch?

Fünf Minuten nach meinem Entschluss, mich in Geduld zu üben, machte ich mich auf den Weg zu Frau Ming.

Die Wiedersehensfreude war auf beiden Seiten groß, eine aufrichtige, lebendige, starke Freude, von der wir selbst überrascht wurden. Wir nutzten den Umstand, dass um die Zeit nur wenige Gäste die Toilette benutzten, um ausgiebig zu plaudern und uns auszutauschen, wobei wir allerdings darauf achteten, die heiklen Themen auszusparen: Sie erwähnte Fleur und Thierry nicht, und ich behielt für mich, dass ich ihrer Flunkerei auf die Schliche gekommen war.

Aber obwohl wir so vorsichtig waren, kamen wir doch schnell auf das Thema Familie zu sprechen. Chinesen diskutieren in der Regel nicht mit Unbekannten über Politik und mit Ausländern schon gar nicht, dennoch prustete sie los, als ich den Kommentar des Regierungsbeamten zum Geburtenrückgang erwähnte.

»In China wurde dafür gesorgt, dass die Eltern sich nur um ein einziges Kind kümmern müssen, nur macht das weder die Eltern noch die Kinder besser. Jetzt trotten Millionen von verkrampften, nervösen und hysterischen Erzeugern einem Sohn hinterher, der sich für den Kaiser hält. Unser Land wird zu einer Fabrik, die von Neurotikern überwachte Egoisten hervorbringt.«

»Und in einer Beziehung, was glauben Sie, wer von beiden frustrierter ist, der Mann oder die Frau?«

»Die Frau natürlich.«

»Warum? Mir kommt es so vor, als bedeute die Ein-Kind-Politik für beide dasselbe …«

»Ja ja, ich weiß schon: Was die Fortpflanzung angeht, geben Männer und Frauen sich redlich Mühe, eine gerechte Aufgabenteilung hinzubekommen.«

»Nur dass meiner Meinung nach der Mann die Frau reinlegt. Er hat seinen Spaß und macht sich anschließend davon, während die Frau schwanger wird.«

»Das sieht nur so aus, glauben Sie mir. Die Mutterschaft ist ja nun mal den Frauen vorbehalten. Sie ist ein Vergnügen, das lange anhält.«

Sie kratzte sich am Kopf und fuhr fort:

»Ein Gutes hat die Ein-Kind-Politik: So kann es nicht mehr passieren, dass Eltern eines ihrer Kinder lieber haben als ein anderes. Sie haben ja keine Wahl mehr. Es wird also kein Kind mehr geben, das glaubt, eines von seinen Geschwistern würde bevorzugt. Weniger Leid. Weniger Zukurzgekommene.«

»Haben Sie mal so etwas erlebt?«

»Ru und Zhou! Zwei Söhne, die ich im Abstand von zwei Jahren bekommen habe. Kinder aus Gold, mit ganz außergewöhnlichen Talenten. Aber wissen Sie, auch wenn ich voller Stolz von ihnen erzähle, ich bilde mir deswegen nichts ein. Sie sind zwar aus mir herausgekommen, aber ich bin es nicht gewesen, die ihre Eigenschaften ausgewürfelt hat; da hatte der Zufall seine Finger im Spiel. Und mit was für Ergebnissen! Wie sich herausstellte, hatte Ru ein gigantisches Gedächtnis, und Zhou war verblüffend intelligent. Ru konnte sich alles merken, Ausdrücke, Zeichen, Daten, Anekdoten, und als er dann lesen konnte, verschlang er Bücher, die er danach komplett auswendig konnte. Er hat sich Unmengen von Informationen einverleibt und war unersättlich. Sein Gedächtnis, das war nicht bloß ein Mund, der alles verschlang, sondern es gehörte auch ein hungriger Magen dazu, der einfach nicht satt zu kriegen war. Wir mussten ihm Futter hinwerfen, damit er nicht wahllos alles Mögliche in sich aufnahm – Bedienungsanleitungen, die Abfahrtszeiten der Züge in ganz China samt ihren Tausenden von Anschlusszügen, aus alten Kalendern den Wetterbericht für jeden Tag der vergangenen zehn Jahre, sogar die Programme der Shanghaier Music-Halls aus den 20er Jahren des zwanzigsten Jahrhunderts in den alten Zeitschriften, die ich von meiner Großmutter geerbt hatte. Am Anfang versorgte mein Mann ihn mit Wörterbüchern, die er sich im Büro auslieh – er war Beamter – oder mit Broschüren der Partei; es war wie bei einem Hund, dem man einen Knochen hinwirft, damit er beschäftigt ist. Wie dem auch sei, eines Tages hat unser Kleiner in einem Mülleimer ein englisches Lehrbuch gefunden, und danach hat er angefangen, Amerikanisch zu sprechen. Da waren wir uns einig – es wurde höchste Zeit, dass wir uns ernsthaft um seine Bildung kümmerten. Sein Grundschullehrer schlug vor, er solle sich vor allem mit Sprachen beschäftigen. Innerhalb von ein paar Jahren eignete sich Ru umfangreiche Kenntnisse in den hiesigen Dialekten an – Wu, Kan, Hakka, Xiang, Min –, und außerdem konnte er bald Tschechisch, Ungarisch, Russisch, Bulgarisch und Albanisch sprechen – also die Sprachen der kommunistischen Bruderstaaten zu der Zeit, als die Schule ihre Bibliothek errichtet hatte. Wir waren beeindruckt, ließen uns aber nicht täuschen. Erstens, weil Rus Kenntnisse in diesen Sprachen, die er nie gehört hatte, sich auf die Schriftsprache beschränkten – das wurde uns klar, als wir einmal einem Ungarn begegneten, der sich bei jeder von Rus Bemerkungen halb totlachte. Zweitens, weil Ru nie einen eigenen Gedanken äußerte, als hätte bei ihm das Gedächtnis den Intellekt ersetzt. Ja, er konnte sich in sechs oder sieben Sprachen unterhalten, aber was sagte er? Er faselte irgendwas daher und kam nie auf den Punkt. Ihm ging nichts Eigenes durch den mit Lexika vollgestopften Schädel, nein, kein neues Bild, kein persönlicher Standpunkt, niemals eine spitze Bemerkung. Überhaupt nichts. Ein Krüppel ohne Beine auf dem perfektesten Fahrrad der Welt. Im Gegensatz dazu besaß Zhou, sein jüngerer Bruder, eine äußerst schlagfertige Intelligenz. Zugegeben, er fing spät zu sprechen an, äußerte sich aber auf Anhieb in vollständigen Sätzen. Und was das für Sätze waren! Mit drei Jahren zog er sich einmal von seinen spielenden Geschwistern zurück und rechtfertigte sein Verhalten mit folgenden Worten: ›Nicht zu viel Einsamkeit, nicht zu viel Geselligkeit, genau in der Mitte liegt die Weisheit.‹ Kurz darauf fragte ich ihn, warum er die Kartoffeln streichelte, anstatt sie zu schälen, worum ich ihn doch gebeten hatte, da rief er: ›Wer einen Berg versetzen will, der räumt zunächst die kleinen Steine beiseite.‹ Als sein Vater ihn einmal ausschimpfte, weil er etwas ausgefressen hatte, da bockte er nicht wie seine Brüder und weinte auch nicht, wie seine Schwestern es getan hätten, sondern blieb ganz friedlich. Als mein Mann ihn auf sein ungewöhnliches Verhalten ansprach, lächelte er: ›Wenn der Wind darüberfährt, bleibt dem Gras nichts anderes übrig, als sich zu beugen.‹ Am Anfang fanden wir seine Wortgewandtheit faszinierend. Allerdings stellten wir fest, dass er seinen Scharfsinn nur einsetzte, um sich für seine Faulheit zu rechtfertigen oder zu spotten. Er benutzte diese Sinnsprüche nur, um die Tatsache zu überspielen, dass er keinen Finger krumm machte, so gut wie nie lernte und sich gerne über andere lustig machte. Meistens richtete sein Spott sich gegen Ru. Immer, wenn der sich etwas Neues angeeignet hatte, lachte Zhou darüber. Eines Morgens, als ich mich darüber aufregte, dass er die Talente seines Bruders geringschätze, murmelte er: ›Nur zuhören und lesen, ohne selbst nachzudenken, das ist doch Zeitverschwendung.‹ Ru fing an zu weinen und rief: ›Du bist so gemein!‹ Zhou zuckte mit den Schultern und erwiderte: ›Gefühle kann man vortäuschen, eigene Gedanken nicht.‹ Da habe ich ihn angefahren: ›Dein Bruder ist tüchtig und gibt sich große Mühe, während du dich auf deinen Fähigkeiten ausruhst. Eines Tages wird er dich überholen, denn wer eifrig lernt, kommt der Weisheit Stück für Stück näher.‹ – ›Tja‹, antwortete der dreiste Bengel, ›Ru hat wohl vergessen, an der Bushaltestelle auszusteigen.‹ Ich habe ihn ordentlich ausgeschimpft, dann habe ich ihm vorgeschlagen, wenn er sich für so überlegen halte, dann solle er seinem Bruder doch helfen. ›Okay‹, sagte er schließlich. Was führte er im Schilde? Das Ergebnis war beeindruckend: Ein paar Abende später fing Ru an, kluge, scharfsinnige Beobachtungen von sich zu geben, die etwas mit der jeweiligen Situation zu tun hatten. Als unsere zehn Kinder sich einmal über ihre berufliche Zukunft unterhielten, verkündete Ru plötzlich: ›Wählt einen Beruf, den ihr liebt, und ihr werdet keinen Tag eures Lebens gearbeitet haben.‹ Als mein Mann am Tag darauf erzählte, dass sein Vorgesetzter im Büro ihm Druck gemacht habe, obwohl er seine Aufgaben erledigt und seinen Kollegen ausgeholfen hatte, verkündete er: ›Der Würdige stellt Anforderungen an sich selbst, der Gewöhnliche und Unwürdige stellt Anforderungen an die anderen.‹ Geschmeichelt bedankte sich mein Mann bei Ru für seinen Spruch und bei Zhou dafür, dass er der Urteilsfähigkeit seines Bruders auf die Sprünge geholfen hatte. In den Wochen danach weitete sich das Spiel aus, und es wurde immer besser. Hin und wieder fiel eine Bemerkung, die uns überraschte – zum Beispiel einmal, als wir uns über den unterschiedlichen Geschmack von Litschis und Kumquats unterhielten, und er sagte: ›Arm sein, ohne zu klagen, ist schwer; reich sein, ohne überheblich zu werden, ist leicht.‹ Solche unpassenden Sätze fielen selten, und kam es mal vor, dann war Ru sich seiner Sache so sicher, dass wir dachten, wir hätten sie wohl bloß nicht verstanden. Kurz, seine Geistesblitze erstaunten uns so sehr, dass wir vergaßen, Zhou dafür zu loben. So passierte es, dass Zhou unvorsichtig wurde und es uns damit leicht machte, das Geheimnis hinter Rus plötzlicher Klugheit zu entschlüsseln. Zhou hatte von seinem Bruder verlangt, die *Gespräche* des Konfuzius auswendig zu lernen, und vorher hatte er die darin enthaltenen Maximen durchnumeriert. Wenn wir miteinander schwatzten, flüsterte Zhou Ru eine Zahl zu, und der verkündete eine Sekunde später dann den schlauen Sinnspruch. Ru mit seinem Elefantengedächtnis vertat sich nie, der nachlässige Zhou aber verzettelte sich, verwechselte die 83 mit der 135, was dann dazu führte, dass er die Unterhaltung mit einem absurden Aphorismus bereicherte. Andererseits war Zhou derart durchtrieben, dass ich ihn verdächtigte, sich vielleicht sogar absichtlich zu irren, damit er dann über die absurden Sprüche seines Bruders jubilieren konnte... Doch dann wurden wir vor ein schreckliches Dilemma gestellt.«

»Was ist passiert?«

»Unsere Söhne waren beide begabt: Wen von beiden sollten wir besonders fördern, indem wir ihn in die Hauptstadt auf eine Eliteschule gehen ließen? Wir besaßen nicht nur zu wenig Geld, sondern der Onkel, der bereit war, uns in Peking aus der Patsche zu helfen, hatte auch nur ein winziges Zimmer.«

»Also?«

»Also habe ich meine beiden Söhne zu mir geholt und gesagt: ›Lernen, ohne zu denken, ist müßig. Denken, ohne zu lernen, ist gefährlich.‹ Wenn ihr euch nicht bessert, wird keiner von euch beiden Erfolg haben. Daher werde ich keinen von euch auswählen – ihr werdet euch bei eurem Onkel abwechseln: einen Monat hier, einen Monat in Peking. Und stellen Sie sich vor, es hat funktioniert. Die erschwerten Bedingungen haben sie angespornt. Oder der Neid... Sie waren begabt genug, um in Peking die versäumten Wochen nachzuholen, und in ihrer Zeit zu Hause hat Zhou gelernt, und Ru hat nachgedacht.«

»Es ging also wieder einmal darum, die richtige Mitte zu finden.«

»Genau. Ting Ting, meine Älteste, hat dafür gesorgt, dass ...«

Da sah mich der Direktor vom Grandhotel und nahm mich in Beschlag, um mich willkommen zu heißen und mir zu versichern, was für ein geschätzter Gast ich sei; nicht eine Sekunde lang kam er auf den Gedanken, dass er womöglich eine Unterhaltung gestört hatte, die ich gerne fortgesetzt hätte.

* * *

Am nächsten Tag traf ich erneut mit meinen Verhandlungspartnern von Pearl River Plastic Productions zusammen. Wir überreichten uns gegenseitig Geschenke. Jin, der neu dazugekommen war, ein schmächtiger Herr mit dichtem Haar, schenkte mir die *Gespräche* des Konfuzius auf Französisch, eine rührende Aufmerksamkeit, wie ich fand; ich sagte ihm nicht, dass Frau Ming sie just am Vortag erwähnt hatte, versprach ihm aber, darin zu lesen.

Im Verlauf unserer Diskussionen versuchte ich vergeblich, den Moment abzupassen, in dem ich unser Palaver hätte unterbrechen können, musste aber bis zur Pause warten, ehe ich nach unten zu meiner Freundin gehen konnte, um ihr meine Ausgabe von Konfuzius zu zeigen.

»Wie, Sie haben die *Gespräche* noch nicht gelesen?«

Dass jemand Konfuzius nicht kannte, kam ihr so verrückt vor wie die Vorstellung, dass jemand noch nie Reis gegessen hatte.

»Zu meiner Schande muss ich gestehen, nein. Noch heute Abend fange ich damit an.«

Sie sah es mir nach und sagte:

»Wer nicht jeden Tag einen Schritt vorwärts macht, macht jeden Tag einen Schritt zurück.«

Ich hatte mir ausgerechnet, dass sie mir bereits sieben von ihren Kindern beschrieben hatte, und brannte darauf, zu erfahren, welche Schicksale sie sich für die anderen drei ausgedacht hatte.

»Sie wollten mir von Ihrer ältesten Tochter erzählen.«

»Oh ja, meine Ting Ting …«

Als sie den Namen aussprach, bekam sie ganz rote Wangen. Ich betrachtete ihr glückliches Gesicht und musste zum ersten Mal zugeben, dass sie sich eine utopisch schöne Familie ausgedacht hatte: Was bedeutet am Ende schon die Wahrheit, Hauptsache, man ist glücklich, nicht wahr?

»Sie werden sie schon bald kennenlernen«, flüsterte Frau Ming aufgeregt.

»Was?«

»Ting Ting hat mir versprochen, mich zu besuchen.«

Sie legte also noch einen Gang zu, was das Flunkern anging, und da fand ich, dass sie doch zu große Risiken einging. Ich war mir sicher, in der folgenden Woche würde sie behaupten, Ting Ting und ich hätten uns nur um ein paar Sekunden verfehlt und wären uns fast begegnet, aber irgendwann würde ihre Unverschämtheit sich gegen sie selbst richten. Doch die freche Schaumschlägerin hielt stur daran fest:

»Aber zuerst muss sie ein paar Tage bei ihrem Bruder Wang verbringen. Habe ich Ihnen von Wang erzählt?«

»Nein.«

»Nicht? Dabei bin ich doch so stolz auf ihn. Wang legt fiktive Gärten an.«

»Wie bitte?«

»Nun, er hat sich schon als Jugendlicher

für Chinas schönste Gärten begeistert, die bis heute in unserer Literatur überdauert haben. Er hat die Texte wieder und wieder gelesen, so dass er sie schließlich in- und auswendig kannte, diese Gärten, die schon seit Jahrhunderten, ja seit Jahrtausenden verwelkt sind; in seiner Phantasie schlenderte er durch die Alleen, sog die Düfte dort ein, strich über die Blütenblätter, sah verzückt zu, wie die verschiedenen Sträucher nacheinander aufblühten, die Blätter sich gelb färbten, die winterliche Tristesse einsetzte. Manchmal schwieg er lange und erzählte uns anschließend, wo er gewesen war, im Orchideengärtchen oder im Hain der roten Frösche ... Mein Mann und ich haben ihn in seiner Neigung bestärkt, indem wir ihn auf die Landwirtschaftsschule geschickt haben. Wang ist dort förmlich aufgeblüht, er hat sein Diplom gemacht und danach eine Stelle bei der Stadtverwaltung einer Gemeinde im Norden gefunden. Tja, neun Monate hat er damit verbracht, alle Plätze der Stadt neu zu gestalten, dann hat er uns verkündet, er wolle nach Taiwan gehen und ein reicher Mann werden.«

»Und ...?«

»Bingo! Er hat die Gartenbaukunst revolutioniert, denn er war der Erste, der den Leuten imaginäre Gärten verkaufte. Wang entwirft für sie, unter Berücksichtigung ihrer individuellen Vorlieben – Pfingstrosen, Kamelien, Lotus oder die Blüten des Pflaumenbaums – und je nachdem, welche Jahreszeiten sie am meisten lieben, den idealen Park. Für eine angemessene Summe erzählt er ihnen dann nach langen Vorbereitungen, wie der Park angelegt ist, welche Farben dort dominieren, wie die blühenden Pflanzenarten einander überlagern, welche Sichtachsen sich darin befinden, und berichtet ihnen vom Vogelgezwitscher, von dem Licht, das auf den kleinen Bächen glitzert, von der Stille der Teiche, wo die Seerosen ruhen, davon, wie die Schatten wandern, wie das Abendlicht den Park vergoldet, wie die Umrisse im Mondschein silbrig glänzen; und wenn sie wollen, bringt er das Ergebnis für ein paar Yuan mehr schriftlich zu Papier.«

»Ein Garten aus Worten …«

»Was für ein genialer Einfall! Als Wang klar wurde, dass die wunderbaren Gärten der Vergangenheit verschwunden sind und nur in den Texten überlebt haben, hat er beschlossen, eine Etappe zu überspringen: Er geht direkt zum Text über. Warum muss ein Garten unbedingt real sein? Vor allem, wenn sein reales Bestehen nicht ewig währt, während sein Andenken Bestand hat. Dank Wang kann auch ein armer Mann ein Stück Land ganz nach seinem Geschmack besitzen. Wer in einer zu engen Wohnung haust, dem verhilft Wang zu ausgedehnten Ländereien. Der Frau, die eine Pollenallergie hat, macht Wang das Geschenk eines unbeschwerten Frühlings. Der Alte, den seine Beine nicht mehr tragen, kann mit Wangs Hilfe wieder endlos unter bepuderten Kirschbäumen flanieren. Und das ist nicht alles: Die enormen Einsparungen – man muss keinen Grund und Boden besitzen, keine Pflanzen kaufen, und jedes seiner Werke wird von einer ganzen Armee kompetenter Arbeiter, die nichts kosten, instand gehalten und ständig verschönert. Für die Snobs, die ein traditionelles Dekor verachten, erschafft Wang, der sehr belesen ist und sich unglaublich gut auskennt, einen englischen, französischen oder italienischen Garten – auch wenn, unter uns gesagt, doch nichts über den chinesischen Garten geht.«

In dem Augenblick betrat Jin, der mir die *Gespräche* von Konfuzius geschenkt hatte, die Toiletten und verneigte sich vor Frau Ming.

Also beendeten wir unsere Plauderei und ich wartete auf Jin, um mit ihm zusammen wieder nach oben zu gehen und unsere Arbeit zum Abschluss zu bringen.

* * *

Als unsere Sitzung vorüber war und wir die Ergebnisse des Tages schriftlich festgehalten hatten, dachte ich noch einmal darüber nach, was Frau Ming mir erzählt hatte, weil darin, wenn nicht gar ein Geständnis, so doch zumindest eine Erklärung lag. Ich konnte nicht anders, als in den imaginären Gärten eine Metapher für ihre eingebildete Familie zu sehen, eine Familie, die nur in Sätzen Gestalt annahm. Mussten ihre Kinder unbedingt real sein, damit Frau Ming sie lieben konnte? Nein. Die Zärtlichkeit aber, die sie für sie empfand, war real.

Während ich meine Akten zusammenpackte, stellte ich dem Mann mit dem markanten Gesicht und dem tiefschwarzen Haarschopf ein paar Fragen.

»Kennen Sie Frau Ming gut?«

»Sie hat drei Jahre lang für uns gearbeitet, in der Zeit, als ich für Personalfragen verantwortlich war.«

»War sie eine gute Arbeiterin?«

»Sehr gut. Trotzdem mussten wir sie leider entlassen.«

»Warum?«

»Sie brachte ihre Kolleginnen zur Verzweiflung. Es haben sich mehrere Leute bei mir beschwert.«

»Hatte es etwas mit den Geschichten zu tun, die sie erzählt hat?«

»Die Arbeiterinnen wurden eifersüchtig.«

»Eifersüchtig worauf?«

»Auf ihre Kinder.«

»Die sind doch nicht real!«

»Nach sorgfältigen Ermittlungen habe ich verschiedene Gründe, anzunehmen, dass sie real sind und dass Frau Ming die Wahrheit sagt.«

Daraufhin verbeugte sich Jin und wandte sich ab, um seine Kollegen einzuholen, die schon auf der Treppe waren.

Ich hätte ihm hinterherlaufen sollen, aber ich war zu perplex. Seine Kollegen hätten ohnehin nicht begriffen, dass es um eine private Angelegenheit ging, und wären uns auf die Pelle gerückt, um zu erfahren, was der französische Einkäufer wohl für Sorgen hatte.

Ich ging ins Fitnessstudio, in der Hoffnung,

dass ein paar Runden auf dem Laufband mir helfen würden, mich abzulenken. Doch leider bewirkte mein Marathon das Gegenteil – je länger ich lief, desto intensiver musste ich an Frau Ming denken.

Schließlich gab ich es auf, setzte mich auf eine Bank und wählte Jins Nummer.

»Hallo? Ich wollte Ihnen noch einmal für Ihr Geschenk danken, das Buch von Konfuzius. Hach, und ich kann nicht aufhören, darüber nachzugrübeln, was Sie mir anvertraut haben: Sind Sie den Kindern von Frau Ming begegnet?«

Passenderweise konnte ich hören, dass mein Gesprächspartner von ausgelassen schreienden Kindern umgeben war.

»Na ja«, antwortete Jin, »ich war einmal bei ihr zu Hause und habe mir die Fotos ihrer Kinder ganz genau angesehen, und all die Erinnerungsgegenstände, die mit ihnen zu tun haben. Ich wollte sicher sein, dass es sich nicht um einen ausgemachten Schwindel handelte, also habe ich die Briefe durchgeblättert, die sie ihrer Mutter über die Jahre hinweg geschickt haben. Alle diese Briefe waren in unterschiedlichen Handschriften verfasst und an verschiedenen Orten in China eingeworfen worden. Das Ganze stimmt Punkt für Punkt mit dem überein, was sie erzählt, es gibt unzählige handfeste Beweise. Daraufhin habe ich beschlossen, in der Fabrik ohne sie auszukommen: Die anderen Arbeiterinnen sollten nicht herausfinden, dass Frau Ming nicht nur keine Schwindlerin ist, sondern tatsächlich das Oberhaupt einer harmonischen, großen, verbotenen Familie. Anschließend habe ich ihr dann die Stelle im Grandhotel besorgt.«

Ich staunte. Ich dankte ihm und wollte, bevor ich ihm einen angenehmen Abend wünschte, noch eines von ihm wissen:

»Sie haben sich ja viel Zeit für diese Angestellte genommen. Und es war sehr fürsorglich von Ihnen, ihr einen neuen Posten zu beschaffen. Das geht doch über Ihre übliche Tätigkeit bei Pearl hinaus, oder nicht?«

»Ich verdanke ihr sehr viel.«

»Ach ja?«

»Dank Frau Ming habe ich heute Fen. Können Sie sie hören?«

Ein kleines Mädchen kam ans Telefon, und ich vernahm ein feines Stimmchen, das leise »Guten Abend« sagte.

Ich legte auf. Ganz kurz hatte ich Fen vor mir gesehen und mir vorgestellt, dass sie wie

Irène aussah, meine Ex-Freundin. Für einen kurzen Moment bereute ich, dass ich sie mit einem Baby im Bauch hatte sitzenlassen – obwohl ich daran zweifelte, dass es von mir sein sollte.

Ich duschte ausgiebig, rasierte und kämmte mich und ging dann nach unten zu Frau Ming.

Ich trat ihr recht kleinlaut gegenüber, aber sie empfing mich strahlend; wahrscheinlich kam ihr gar nicht in den Sinn, dass ich immer noch an dem, was sie mir erzählte, gezweifelt haben könnte …

»Sie wirken so glücklich, Frau Ming.«

»Warum auch nicht? Mein Mann hat bereits seinen letzten Atemzug getan, aber ich nicht, ich bin am Leben. Was für ein Privileg! Und ich genieße es. ›Wer alles über eine Sache weiß, hat dem, der sie liebt, nichts voraus; aber wer eine Sache liebt, bleibt hinter dem zurück, der sich daran ergötzt.‹«

»Ich möchte Sie gern um Verzeihung bitten, dass ich so getan habe, als wären die Kinder meiner Schwester, Fleur und Thierry, meine eigenen Kinder. Damit habe ich Sie beleidigt.«

»Eine unrechte Tat vergeht, wenn es dir gelungen ist, sie zu vergessen.«

»Dennoch. Ich habe es übertrieben.«

»Manchmal geht es nicht anders … Sonst erstickt man.«

»Sind Sie denn immer ehrlich?«

»Das ist etwas, worüber ich damals wegen Shuang nachgedacht habe; mein zehntes Kind, ein Junge, der genauso gut aussah wie sein Vater. Shuang hatte eine seltsame schlechte Angewohnheit: Er konnte nicht anders, immer musste er die Wahrheit herausposaunen.«

»Eine schlechte Angewohnheit? …«

»Ehrlichkeit ist das Gegenteil von überlegtem Handeln! Wenn man mit den anderen in Harmonie leben will, muss man seine Gedanken analysieren, filtern, manche davon unterdrücken. Die Wahrheit allein kann nicht das Ziel sein, sie ist nur dann von Belang, wenn sie einen Zweck erfüllt. Meistens ist sie aber eher hinderlich; sie kann sogar viel kaputtmachen. Sehen Sie, als ein Lehrer sich einmal über einen besonders gelungenen Aufsatz gewundert hat und meinte, Shuang hätte geschummelt, da entgegnete mein Sohn: ›Ich hab darüber nachgedacht und fast hätte ich es auch getan, aber dann habe ich es gelassen.‹ Was denkt daraufhin der Lehrer? Dass Shuang ihn getäuscht hat. Oder als seine Großmutter, die Mutter seines Vaters, sich erkundigte, ob er seinen Papa denn auch lieb habe, erwiderte Shuang: ›Es kommt darauf an: Manchmal schon, und dann möchte ich nicht, dass wir den ganzen Tag lang getrennt sind. Manchmal aber auch nicht, weil ich finde, dass er bescheuert und zerstreut ist und einfach nicht kapiert, was ich ihm erzähle.‹ Was ihm das einbrachte? Drei Ohrfeigen und einen öffentlichen Tadel. Als seine erste Verlobte ihn fragte, ob er sie denn schön fände, erklärte er: ›Ich finde, du bist die Schönste, obwohl ich ganz genau weiß, dass ich mich irre.‹ Als sie das Gesicht verzog, wurde er noch konkreter: ›Es ist doch ganz klar, dass meine Gefühle für dich mich blind machen. Ich habe jegliche Objektivität verloren. Man könnte zum Beispiel deine faltigen Augenlider kritisieren oder deine zu hohen Wangenknochen – das tue ich aber nicht!‹ Schwuppdiwupp, Trennung… Er hat so geweint, dass ich mich mit ihm in seinem Zimmer eingeschlossen und ihn zum Nachdenken gezwungen habe: ›Shuang, mein Schatz, was du sagst, kommt bei den Leuten nicht an, deine Äußerungen führen bloß zu Missverständnissen.‹ – ›Aber Mama, ich sage doch nur die Wahrheit! Warum soll ich denn was anderes behaupten?‹ – ›Mein Sohn, die Frage scheint doch eher zu sein: Warum ertragen die Menschen die Wahrheit nicht? Erstens, weil die Wahrheit sie enttäuscht. Zweitens, weil die Wahrheit oft nicht von Belang ist. Drittens, weil die Wahrheit gar nicht den Anschein hat, als sei sie wahr – meistens ist das Unwahre viel glaubwürdiger. Viertens, weil die Wahrheit verletzen kann. Ich möchte nicht, dass du weiter Krieg führst, in dem Glauben, Frieden zu verbreiten.‹ – ›Aber Mama, was soll ich denn tun? Lügen?‹ – ›Nein, sag einfach nichts. Das Schweigen ist ein Freund, der dich nie verrät.‹«

Sie nickte einem Gast zu, der sich davonmachte, ohne ihr eine Münze hinzulegen, und fuhr fort:

»Shuang hat auf mich gehört und geschwiegen. Am Anfang widerstrebte das seinem Charakter so sehr, dass er ziemlich gemurrt hat, aber dann hatte er damit Erfolg und das hat ihn natürlich bestärkt: Je weniger er sagte, desto faszinierender fanden ihn die Frauen; je weniger er sagte, desto mehr Tiefgang trauten ihm die Leute zu; je weniger er sagte, desto kompetenter wirkte er auf seine Arbeitgeber. Endlich konnten die Leute ihre Hoffnungen auf ihn projizieren.«

»Und heute?«

»Jetzt lebt er in Shanghai und kommentiert im Radio die Börsenkurse. Ich höre mir seine Sendung jeden Mittag an. Er wirkt nachdenklich, lakonisch, extrem zurückhaltend, und geizt mit den Worten, so dass alle glauben, er wüsste viel mehr, als er zugibt – dabei hat er mir gegenüber beteuert, dass er manchmal einfach irgendwas daherredet. Wenn er aus Versehen mal zu viel redet, schicke ich ihm einen Brief. Wer eine Tugend ausgesät hat, darf nicht vergessen, sie oft zu gießen.«

Sie ging weg, um eine Toilettenschüssel zu scheuern, und ich dachte darüber nach, was für eine wetterwendische Intelligenz ich doch besaß: Noch an diesem Morgen hätte ich nach dieser Geschichte die Meinung vertreten, Frau Ming wolle damit nur ihre Schwindelei rechtfertigen; an dem Abend aber schien es mir, als teile sie mir eine subtilere Ansicht mit, nach der die Götzendiener der Wahrheit in Wirklichkeit Barbaren sind, und die Feinfühligkeit der Ehrlichkeit überlegen ist. Wem es um den Zusammenhalt der Gemeinschaft zu tun ist, der stellt Ausgewogenheit und Eintracht über die Wahrheit.

»Frau Ming, erzählen Sie mir von Ting Ting.«

»Mit Vergnügen. Morgen gern. Heute Abend muss ich den Fußboden wischen.«

* * *

An dem Abend nahm ich das Buch von Konfuzius mit ins Bett und schlug es an einer beliebigen Stelle auf. Schon beim ersten Sinnspruch: ›Der Weise ist ruhig und gelassen, der Ängstliche ist immer in Sorgen und Aufregung‹, schauderte ich; dieser Satz erinnerte mich an die Toilettenfrau vom Grandhotel, die viel heiterer wirkte, als all die ehrgeizigen Wichtigtuer, die in einer langen Reihe an ihr vorbeiliefen. ›Der glückliche Mensch gibt sich mit wenig zufrieden.‹ ›Bemühe dich darum, in allem die richtige Mitte zu finden.‹ Ich las einen Satz nach dem anderen und stellte fest, dass sie das Echo der Worte waren, die ich aus Frau Mings Mund gehört hatte.

Nachdem ich wahllos ein paar Gedanken aus dem Buch herausgepickt hatte und merkte, dass sie mich nicht überraschten, ging ich auf den Balkon, stützte meine Unterarme auf das Geländer und ließ den Blick nachdenklich über die nächtliche Landschaft schweifen. Unter dem pechschwarzen Himmel war nirgendwo etwas Schönes oder Anziehendes zu erblicken, nichts als Straßen und in aller Eile aus dem Boden gestampfte Hochhäuser, und alles so hell ausgeleuchtet wie Baustellen. Man sagt, dass keine Stadt jemals gänzlich schläft, für Yunhai gilt das in ganz besonderem Maße: Um Mitternacht bildeten sich Ameisenstraßen aus Arbeitern, die mit hängenden Schultern aus der Fabrik kamen und aus Bussen herausgekippt wurden, die dann die neuen Truppen an Bord nahmen, denn zu dieser Jahreszeit liefen die Fabriken auf Hochtouren. Die ganze Industriestadt um mich herum war auf Profit ausgerichtet, dennoch konnte ich in dieser Karikatur des modernen Lebens auch noch eine andere, unsichtbare Architektur wahrnehmen, ein Gedächtnis, das sich nicht greifen, lediglich erahnen ließ. Ganz egal, was mit Yunhai passierte, ob es vergrößert, umgesiedelt, dem Erdboden gleichgemacht und mehrmals neu gebaut wurde, die Stadt war und blieb eine alte chinesische Ansiedlung, in der die Geschichte überdauerte. Bei den Zuwanderern, die hergekommen waren, um hier ihren Reis zu verdienen, bei den Tausenden von Bauern, deren Hände keinen Ackerboden mehr berührten, herrschte trotz Kommunismus oder Merkantilismus das Altertum fort. Konfuzius war im Hirn eines Jeden fest verankert: Sein Plädoyer für die Liebe zur Familie, sein Beharren auf Respekt, sein Kampf gegen die Maßlosigkeit lebten in den Köpfen weiter. Im Unterschied zu den Europäern, die viel dafür tun, um in ihren Städten die antiken Denkmäler zu erhalten, Seneca jedoch vergessen haben, die sich, während sie Kathedralen besichtigen, gleichzeitig vom Christentum lösen, haben die Chinesen nicht die Angewohnheit, ihre Kultur in Steinen einzulagern. Hier bildete die Vergangenheit die Gegenwart des Geistes, und nicht ein Abdruck im Gestein. Das Monument war zweitrangig, viel wichtiger war das spirituelle Zentrum, das sorgsam bewahrte, übermittelte, lebendige, immer junge Herz, das beständiger war als jeder Bau. Die Weisheit wohnte im Unsichtbaren, das sich, obwohl unaufhörlich der Verwandlung unterworfen, als ewig erwies, während das Gestein verwitterte.

Eine Toilettenfrau brachte mir das Geheimnis Asiens näher. Frau Ming verkörperte für sich genommen dieses ganze Volk, sie stand für das kultivierte, das menschliche, das zivilisierte China. Wenn sie zu mir sprach, dann vernahm ich durch sie eine zweitausendsechshundert Jahre alte Stimme; mit ihrer Hilfe hatte ein Weiser, der noch vor Sokrates gelebt hatte, mich an die Hand genommen und führte mich durch das Labyrinth.

* * *

Ungeduldig wie ich war, ging ich bereits um sieben Uhr wieder zu ihr in den Keller.

Anstelle meiner Freundin traf ich dort auf eine dicke Frau mit niedriger Stirn und feindseligem Blick, die ihren Platz eingenommen hatte.

»Wo ist Frau Ming?«

Der Zerberus fuhr mich an, ich solle doch einfach pinkeln gehen.

Ich musste meine Frage wiederholen, denn es ging der schwitzenden Matrone nicht in den Schädel, dass ich mich wirklich dafür interessierte, was mit ihrer Kollegin passiert war. Als ihr endlich klargeworden war, dass ich sie nicht eher in Ruhe lassen würde, bis sie mir verraten hatte, was los war, teilte sie mir mit einer Stimme, die schriller klang als ein Dudelsack, mit, Frau Ming befinde sich im Krankenhaus, da sie am Vortag einen Unfall gehabt habe.

Ich hängte mich sofort ans Telefon, um meine Termine zu verschieben. Weil mir das nicht gelang, saß ich den ganzen Tag auf glühenden Kohlen in meinen Verhandlungen, bis ich mich um fünf Uhr endlich auf den Weg zu der angegebenen Adresse machen konnte.

Als ich den langgezogenen Neubau mit dem imposanten Eingangsbereich betrat, schienen meine Sprachkenntnisse mich verlassen zu haben, denn niemand verstand, was ich wollte: Erst hieß es, ich müsse in der Ambulanz eine Nummer ziehen, als ich protestierte, sollte ich mich im Militärzentrum behandeln lassen. Lange irrte ich zwischen kranken Menschen umher, die ihre Infusionsständer mit sich herumschoben, bis ich das Zehnbettzimmer endlich fand.

Zwei Gipse und mehrere Verbände hinderten Frau Ming daran, das Bett zu verlassen. Ihr Gesicht war übersät mit vielfarbigen Blutergüssen, und um ihren Kopf war ein dicker Verband gewickelt, der nichts Gutes ahnen ließ. Doch als sie mich erblickte, erschien so ein schönes Lächeln auf ihrem Gesicht, dass man fast glaubte, sie hätte keine Schmerzen.

Fröhlich erklärte sie mir, dass ein Auto sie auf dem Nachhauseweg angefahren habe.

»Ich bin in die Luft gehüpft wie ein Ball.«

Da merkte ich, dass ihre gute Laune nur gespielt war. Sie musste sich beherrschen, um nicht vor Schmerzen das Gesicht zu verziehen, das wie erloschen wirkte und dessen natürlicher Farbton einem matten Grau gewichen war.

»Und der Fahrer?«

»Der wollte Fahrerflucht begehen. Aber er ist nicht weit gekommen, dann wurde er verhaftet. Der war so besoffen, dass er den Polizisten entgegengeschrien hat: ›Fangt mich doch! Ihr kriegt mich nicht!‹«

»Der wandert für ein paar Jahre ins Gefängnis.«

»Ganz bestimmt.«

»Aber das macht Sie auch nicht wieder heil, Frau Ming.«

»Vielleicht macht es dann ja wenigstens ihn wieder heil.«

Sie stöhnte, aber im nächsten Moment lachte sie schon wieder laut auf, um ihre Beschwerden zu überspielen. Die Schultern taten ihr höllisch weh. Sie beugte sich vor und flüsterte, als hätte sie Angst, belauscht zu werden:

»Ich hab gar keine Lust, im Krankenhaus zu bleiben, hier fängt man sich doch alles Mögliche ein.«

Da kam eine mir unbekannte Person herein und stürzte ans Bett.

»Mama!«

»Ting Ting!«

Die beiden Frauen wollten einander in die Arme fallen, wurden aber durch die medizinischen Gerätschaften daran gehindert.

Ting Ting ärgerte sich so sehr darüber, dass sie anfing zu weinen. Sie war eine zierliche, dürre, gestresst wirkende Frau, dünn wie ein Blatt Papier, und besaß offenbar eine unerschöpfliche Energie, die dafür sorgte, dass ihr schmächtiger Körper zuckte, sie kaum einen ihrer Sätze zu Ende brachte und ihre Gefühle sich überschlugen.

Mit einer sehr mütterlichen Geste griff Frau Ming nach ihren Handgelenken und tröstete sie.

Ich erhob mich, aber Frau Ming blickte mich an, und ich verstand, dass sie mich bat, noch zu bleiben.

»Keine Sorge, sie beruhigt sich schon wieder.«

Tatsächlich ebbte Ting Tings Gefühlsausbruch ebenso schnell wieder ab, wie er gekommen war: Wenige Minuten später konnten wir alle drei ganz entspannt miteinander plaudern.

Frau Ming platzte förmlich vor Stolz: An

einem Tag wie diesem erschien es ihr als das höchste Glück, dass sie mich mit ihrer ältesten Tochter bekannt machen konnte. Während ich mich mit Ting Ting unterhielt, nutzte sie die kleine Pause, um sich zu erholen, aber sie blickte uns die ganze Zeit mit freudestrahlenden Augen an.

Nach eineinhalb Stunden, in denen wir uns angeregt unterhalten hatten, kamen die Krankenschwestern und kündigten die Visite der Ärzte an.

Also wurden wir, die beiden Gesunden, fortgeschickt und warteten derweil im sonnigen Hof des Krankenhauses.

Ting Ting fuchtelte mit einer Zigarette herum und flehte mich an, ihrer Mutter nicht zu sagen, dass sie rauchte, dann rechtfertigte sie ihren nervösen Zustand damit, dass sie schließlich gerade mehrere hundert Kilometer mit dem Auto zurückgelegt hatte, und saugte hektisch am Filter, um ihre Batterien wieder aufzuladen.

»Wann kommen Ihre Geschwister hier an?«

Sie blies den Rauch aus, der langsam an ihrem kleinen, schmalen Gesicht vorbeizog, und schaute mich schräg von unten an, den Kopf leicht zur rechten Schulter geneigt.

Ich wiederholte meine Frage, denn vielleicht hatte ich die Worte ja nicht richtig ausgesprochen – in der letzten Zeit sprach ich fast immer Kantonesisch und nur sehr selten Mandarin.

»Sie wissen es also nicht?«, sagte sie schließlich.

»Was sollte ich wissen?«

»Ich habe keine Geschwister.«

In den letzten beiden Tagen kam ich mir vor wie ein Tischtennisball, der die ganze Zeit hin und her gespielt wurde.

»Aber Ihre Mutter hat mir von Li Mei erzählt, von Kun und Kong, von Da-Xia, von Ru und Zhou, von … Wang, von …«

Sie half mir mit den noch fehlenden Namen aus:

»Und von Shuang und von Ho? Ganz bestimmt.«

»Ein Manager von Pearl River Plastic Production hat Briefe gesehen, Fotos, Andenken.«

Ting Ting warf ihre erste Zigarette fort, obwohl sie sie noch gar nicht fertiggeraucht hatte, und zündete sich eine zweite an.

»Mama war ein junges Mädchen zur Zeit der Kulturrevolution. Eines Morgens wurden sie und ihre Eltern verhaftet und dann hat man sie in ein Umerziehungslager geschickt. Sie stammte aus einer Lehrerfamilie – ihr Vater hat Geschichte unterrichtet und ihre Mutter Literatur –, deshalb musste sie Kanäle durch den Schlamm graben, Steine hacken, und das alles halb verhungert und halb erfroren. Ich weiß nicht, was meinen Großeltern vorgeworfen wurde – aber ich glaube, es war sowieso niemandem so recht klar, was man ihnen zur Last legte –, es waren einfach schreckliche Zeiten. Es wurden Schuldige gesucht, und sie waren da und außerdem kultiviert, taktvoll, feinfühlig genug, um sich schuldig zu fühlen. Irgendwie hat Mama es trotzdem geschafft, sich dem Drill zu widersetzen: Wenn versucht wurde, die Leute zu indoktrinieren, hat sie einfach weggehört. Als sie ihre Kameraden denunzieren sollte, hat sie sich geweigert. Sie hat einfach so getan als wäre das alles ein Spiel, an dem sie teilnehmen würde; zwar ein mühsames, irrsinniges, blödes Spiel, aber trotzdem ein Spiel, das in ihren Augen nicht real sein konnte! Als ihre Familie dieser Hölle entkommen war, konnte sie wieder ein normales Leben führen und verbrachte ein paar glückliche Jahre … Mein Vater und sie haben sich kennengelernt, dann haben sie mich bekommen. Eigentlich sollte ich nur das erste Glied einer großen Nachkommenschaft sein und über mindestens neun Geschwister herrschen. Ich hab mich schon darauf gefreut, und oft haben wir uns einen Spaß daraus gemacht, Mama, Papa und ich, uns meine künftigen Spielkameraden vorzustellen – wir haben ihnen Namen gegeben und überlegt, was wohl ihre Schwächen und was ihre Stärken sein könnten. Dann begann das Jahr des Schafes, und meine Mutter wurde wieder schwanger. Es war das Jahr, in dem das Gesetz eingeführt wurde, das die chinesischen Familien dazu zwingt, sich mit einem Kind zu begnügen. Man hat ihr dazu geraten, abzutreiben; naja, geraten … Am nächsten Tag ist sie im Bett geblieben. Eine Blutkrankheit. Es war, als hätte sie Wasser in den Adern. Es ging ihr sehr schlecht. Sie wurde bleich wie ein Leintuch, meine Mama, klapprig, ausdruckslos, sie konnte nicht mehr lächeln, außer wenn ich in ihrer Nähe war. Dann kam sie in ein Genesungsheim. Da ist sie sechs Jahre geblieben. Warum sechs Jahre? Eigentlich hätte sie nicht so lange dort bleiben müssen, denn die Kur hat ihr nicht geholfen: Als sie zurückkam, war sie ganz fahl, durchsichtiger als ein Gespenst. Als ich sie danach wiedergesehen habe, habe ich beschlossen, ihr zu schreiben.«

Sie drückte ihre Zigarette aus und zündete sich die nächste an. Ich rief:

»Was? Sie …«

»Ja. Mir war nicht klar, dass es unmöglich ist, also habe ich es gemacht.«

»Wie haben Sie das angestellt?«

»Ich habe unsere Tagträume als Ausgangspunkt genommen und habe ihr so geschrieben, als ob diese erträumten Kinder wirklich am Leben wären. Ich habe sie über ihren Alltag auf dem Laufenden gehalten.«

»Und die Fotos?«

»Ich habe meine Freunde gebeten, mir zu helfen. Ich habe jeden Sommer an einem Tanz- und Musik-Camp teilgenommen, deswegen hatte ich Freunde in ganz China. Sie haben eingewilligt, in die Rolle von Personen zu schlüpfen, die zum Teil durch sie inspiriert waren, und die Briefe abzuschreiben, die ich ihnen geschickt habe.«

Schon wieder warf sie ihre Zigarette weg und zündete sich die nächste an. Es war offensichtlich, dass es ihr mehr Spaß machte, Zigaretten anzuzünden, als sie zu rauchen.

»Aber Ting Ting, die Wahrheit …«

»Die Wahrheit… Ist das nicht nur die Lüge, die uns am besten gefällt?«

Sie blickte mich mit fragenden Augen an.

Bevor ich ihr etwas entgegnen konnte, kam das Team der Ärzte über den Hof geschritten. Wir kehrten sofort in das Mehrbettzimmer zurück. Ehe wir wieder vor Frau Ming standen, fragte ich ihre Tochter flüsternd:

»Glaubt Ihre Mutter wirklich, dass sie zehn Kinder hat?«

»Ich weiß es nicht. Am Anfang, als sie noch apathisch und lebensmüde war und sich in diesem Zustand verschanzt hatte, war ihr klar, dass es ein Spiel war. Aber dann, als sie angefangen hat, mitzuspielen, kam es mir manchmal so vor, als ob sie sich darin verlieren würde. Aber sie weiß trotzdem, dass es nicht der Wahrheit entspricht.«

»Ah ja?«

Ting Ting kniff die Lippen zusammen. Sie fürchtete mindestens ebenso sehr wie ich, dass ihre Mutter ihren Träumen womöglich Leben eingehaucht hatte.

Als wir auf sie zukamen, rief die Verletzte, nach Luft schnappend:

»Ting Ting! Die Ärzte sagen, ich muss noch zwei Wochen hier bleiben, und sie sind sich auch nicht sicher, ob ich danach wieder laufen kann. Im Moment glauben sie, dass ich eine Infektion habe, und sie wollen mein Fieber weiter beobachten. Ting Ting, ich werde verrückt. Sonntag ist doch mein Geburtstag! Wahrscheinlich mein letzter …«

Derart aufgelöst hatte sie gar keine Ähnlichkeit mehr mit der vertrauten Frau Ming, es schien sich eher um ihre panische Doppelgängerin zu handeln. Sie klammerte sich an ihre Tochter und fuhr fort:

»Meine kleine Ting Ting, ich habe nur einen einzigen Wunsch. Einen einzigen. Den wirst du mir doch erfüllen, nicht wahr?«

»Ja, Mama.«

»Versprichst du es mir?«

»Ich verspreche es.«

»Sorge dafür, dass deine Geschwister am Sonntag hierher kommen. Ich will sie ein letztes Mal umarmen.«

Ting Tings Gesichtszüge entgleisten. Panisch blickte sie in meine Richtung. Ich starrte feige auf meine Schuhe und schlich mich dann stillschweigend davon, damit ich die nun folgende Auseinandersetzung der beiden Frauen nicht miterleben musste.

* * *

Ich wanderte lange durch die Straßen von Yunhai. Vor lauter Sorge um Frau Mings Zustand konnte ich keinen klaren Gedanken fassen, außerdem war ich fassungslos darüber, was ich soeben erfahren hatte. Sobald sich ein Gedanke oder ein Gefühl einstellten, war auch schon sein genaues Gegenteil zur Stelle – einerseits bewunderte ich Ting Ting für ihren großherzigen Trick, mit dem sie ihre Mutter zurück ins Leben geholt hatte, andererseits missbilligte ich den Schwindel, der eine labile Seele vergiftet hatte. Mal war ich der Ansicht, dass sich unser Schicksal nicht auf die Wirklichkeit beschränken dürfe und von uns mit Träumen und Grillen bereichert werden müsse, die, auch wenn sie nicht ganz der Wahrheit entsprechen, von geistiger Regheit künden; bereits eine Minute später fand ich es bedauerlich, dass Ting Ting es genauso wenig geschafft hatte wie Frau Ming, die Welt so zu akzeptieren, wie sie nun einmal war.

Drei Tage lang grübelte ich darüber nach und kam zu keinem Ergebnis. Natürlich kam ich während dieser drei Tage meinen beruflichen Pflichten nach, ich handelte sogar lukrative Verträge aus, obwohl ich nicht recht bei der Sache war, da meine Gedanken die ganze

Zeit um Frau Ming, Ting Ting und die neun fiktiven Kinder kreisten.

***

Ich rechnete damit, dass Frau Ming am tragischen Sonntag ihres Geburtstages dem Zusammenstoß mit der Wirklichkeit völlig wehrlos gegenüberstehen würde, und ihre Tochter genauso. Ich rechnete mit dem Schlimmsten. Wenn man einem Menschen die Lüge nimmt, die seine Existenz aufrechterhält, bricht er zusammen. Frau Ming lief Gefahr, einen ernsthaften Zusammenbruch zu erleiden, denn es würde Ting Ting nicht gelingen, sich eine glaubhafte Ausrede für die Abwesenheit ihrer Geschwister auszudenken. Ich war überzeugt, dass sie den Schock nicht verkraften würde, und machte mich, halb aus Mitleid, halb aus Neugier, auf den Weg zum Krankenhaus.

***

Als ich vor der Zimmertür stand, hielt ich inne und wäre beinahe wieder umgekehrt.

Alle waren sie gekommen: Ho, Da-Xia, Kun, Kong, Li Mei, Wang, Ru, Zhou, Shuang und natürlich Ting Ting, und tranken, redeten und sangen, lauter und fröhlicher als eine Dorfblaskapelle! Niemand brauchte mir zu sagen, wer wer war: Kun und Kong, die Akrobaten, der eine mit kahlrasiertem Schädel und grünem Pullover, der andere mit langen Haaren und gelber Strickjacke; Da-Xia, Madame Maos Mörderin, angezogen wie eine amerikanische Managerin mit Kurzhaarfrisur, engem Kostüm und spitzen Absätzen; der intellektuelle Zhou, der sich darüber lustig machte, was Ru, der bebrillte Bücherwurm, gerade referierte; Li Mei, die verträumte Zeichnerin; an der Wand lehnte Shuang, der verstummte Wahrheitsfanatiker; Ho, der das Wetten nicht lassen konnte, versuchte, Wang zum Würfeln zu überreden, der wiederum damit beschäftigt war, seiner Mutter von dem wunderschönen Garten zu erzählen, den er für sie entworfen hatte.

Eine freudestrahlende Ting Ting kam mir entgegen.

»Alle meine Freunde sind gekommen, treu wie eine Familie. Es ist das allererste Mal, dass sie live ihre Rollen verkörpern müssen. Mama schwebt im siebten Himmel.«

Sie bahnte uns einen Weg durch die vielen Menschen, damit ich Frau Ming begrüßen konnte. Die sah zwar noch grauer und kränker aus als vorher, strahlte aber trotzdem.

»Was ich doch für schöne, liebe Kinder habe.«

Ich ließ mich von ihrer Zufriedenheit anstecken und stimmte ihr zu.

»Sie haben sich alle, ohne zu überlegen, auf die weite Reise gemacht – dabei war keiner von ihnen auf der Beerdigung ihres Vaters … Ting Ting war damals die einzige, die sich bemüht hat.«

Ting Ting senkte verlegen den Kopf.

Frau Ming drückte energisch meine Hand und flüsterte mir ins Ohr:

»Ich weiß, ich sollte das nicht sagen, schon gar nicht, wo die anderen auch alle hier sind, aber Ting Ting war schon immer mein Lieblingskind.«

Ting Ting stand nah genug, so dass sie es gehört hatte und rot wurde. Frau Ming fuhr fort:

»Sie hat mich nie enttäuscht. Auch heute nicht.«

Unwillkürlich zuckte Ting Ting zusammen.

»Heute? Was hab ich denn heute schon Besonderes gemacht?«

Frau Ming deutete auf das fröhliche Durcheinander um uns herum. Ting Ting erwiderte ärgerlich:

»Weil ich meinen Geschwistern Bescheid gesagt habe? Oh ja, was für eine große Tat! Die wären sowieso alle von sich aus gekommen.«

Frau Ming wandte sich in meine Richtung:

»Sehen Sie, was für ein Mensch sie ist? Hartnäckig! Eigensinnig! Sie gibt niemals auf. Sie zieht alles durch, bis zum Schluss.«

Dann wiederholte sie mehrmals mit geheimnisvoller Stimme:

»Bis zum Schluss ... bis zum Schluss ...«

Ting Ting fuhr zusammen und fragte beunruhigt:

»Wovon redest du, Mama?«

»Finde stets die richtige Mitte ... bis zum Schluss ...«

Ting Ting warf mir einen fragenden Blick zu, während ihre Mutter, anstatt auf sie einzugehen, weiter vor sich hin murmelte:

»... zwischen Traum und Wirklichkeit ... die richtige Mitte ... bis zum Schluss ... Danke.«

»Wie bitte?«

Ting Ting wurde plötzlich hektisch und wühlte in ihrer Tasche nach den versteckten

Zigaretten: War ihre Mutter nicht mehr ganz bei Sinnen, oder war sie ihr auf die Schliche gekommen?

Plötzlich verwandelte sich Frau Ming und wurde wieder zu der wachen, offenen und entschlossenen Person, die ich kannte.

»Ich werde nichts sagen. Und du auch nicht.«

Sie blickte ihrer Tochter fest in die Augen, bis deren unsteter Blick zur Ruhe kam, sah sie voller überschäumender Zuneigung an und seufzte zufrieden:

»Blicke ich zurück, so hat mir die Ungewissheit immer besser gefallen als die Wahrheit.«

Darauf hin schloss sie die Augen und schlief ein.

* * *

Als meine Geschäfte in trockenen Tüchern waren, war es Zeit für mich, nach Frankreich zurückzukehren.

Bei jedem meiner Besuche konnte ich sehen, wie Frau Mings Narben verheilten, ihre Blutergüsse verblassten, die Schmerzen nachließen, und am Tag vor meiner Abreise versprach mir Ting Ting, sie würde mich in Briefen über den Zustand ihrer Mutter auf dem Laufenden halten. Ich konnte also beruhigt abfliegen.

Es war das erste Mal, dass ich im Flugzeug nicht meinen üblichen Gedächtnisverlust erlitt. Diesmal nutzte ich die Dauer der Reise, um noch einmal alles, was ich in Guangdong erlebt hatte, Revue passieren zu lassen, und um über die Vorstellungen, Sorgen und Sehnsüchte, über die ich mir dort klargeworden war, nachzudenken. Diesmal ließ ich meine chinesische Persönlichkeit nicht hinter mir zurück, sondern nahm sie mit mir.

Als ich am Flughafen Charles de Gaulle auf mein Gepäck wartete, das im Schneckentempo auf dem Laufband näher kam, erschien folgende Nachricht auf dem Display meines Handys:

»Falls es dich interessiert, ich habe heute Morgen ein Baby bekommen.«

* * *

Eine Stunde später gab ich Irène einen Kuss und beugte mich über den kleinen Jungen, der neben dem Bett in einer Wiege lag und unbeholfene Bewegungen machte.

Er blickte mich an, ich blickte ihn an – und schon war der Pakt geschlossen.

Ich drehte mich zu Irène um, nahm ihre Hand und flüsterte ihr ins Ohr:

»Wenn du nichts dagegen hast, dann nehme ich die Mutter und das Kind.«

»Wie bitte? Aber ...«

»Ich nehme die Mutter und das Kind und werde mir keinerlei Fragen mehr stellen.«

»Moment, ganz ruhig. Du solltest dir schon sicher sein. Wir lassen einen Gentest machen ...«

»Stopp! Du bist ja verrückt ... Stell dir vor, ich erfahre dann, dass er nicht von mir ist! Pech! Zu spät! Ich könnte doch dann nicht einfach wieder damit aufhören, diesen kleinen Kerl lieb zu haben, wie sollte das denn gehen?«

Bevor Irène ihrer Verwunderung Ausdruck verleihen konnte, verschloss ich ihre Lippen mit einem Kuss. Und dann fügte ich hinzu und schwor mir dabei, diesen Entschluss nie mehr in Frage zu stellen, sondern die nächsten zweitausendsechshundert Jahre daran festzuhalten:

»Blicke ich zurück, so hat mir die Ungewissheit immer besser gefallen als die Wahrheit.«

* * *

Eric-Emmanuel Schmitt
Monsieur Ibrahim
und die Blumen des Koran
Erzählung
Aus dem Französischen von
Annette und Paul Bäcker
Band 16117

»Das ist ein unendlich zartes, schönes, liebevolles Buch.«
Elke Heidenreich

Manchmal klaut Moses, der in Paris lebt, Konserven im Laden von Monsieur Ibrahim und glaubt, dass dieser noch nichts gemerkt hat. Doch der hat den jüdischen Jungen schon längst durchschaut. Denn Monsieur Ibrahim, der für alle nur »der Araber an der Ecke« ist, sieht mehr als andere. Er ist ein verschmitzter Weiser, der viele Geheimnisse kennt, auch die des Glücks und des Lächelns.

»Lustig und traurig, poetisch und
verschmitzt – eine Geschichte, die man am liebsten
in der ganzen Welt verteilen würde.«
Hamburger Abendblatt

»Die Erzählung gehört zu den wenigen Büchern,
die glücklich machen.«
Brigitte

»Ein philosophischer Leckerbissen.«
Le Matin

Fischer Taschenbuch Verlag

fi 16117 / 1